光文社古典新訳文庫

桜の園／プロポーズ／熊

チェーホフ

浦 雅春訳

kobunsha classics

光文社

Title : ВИШНЁВЫЙ САД
1903
ПРЕДЛОЖЕНИЕ
1888
МЕДВЕДЬ
1888
Author : А.П.Чехов

目次

桜の園／プロポーズ／熊

桜の園

四幕の喜劇

登場人物

ラネフスカヤ（リュボーフィ・アンドレーエヴナ）　地主。
アーニャ　ラネフスカヤの娘、十七歳。
ワーリャ　ラネフスカヤの養女、二十四歳。
ガーエフ（レオニード・アンドレーエヴィチ）　ラネフスカヤの兄。
ロパーヒン（エルモライ・アレクセーエヴィチ）　商人。
トロフィーモフ（ピョートル・セルゲーエヴィチ）　大学生。
シメオーノフ＝ピーシチク（ボリス・ボリーソヴィチ）　地主。
シャルロッタ（イワーノヴナ）　家庭教師。
エピホードフ（セミョーン・パンテレーエヴィチ）　領地管理人。
ドゥニャーシャ　小間使。
フィールス　召使、八十七歳の老人。
ヤーシャ　若い召使。
通りすがりの男

駅長
郵便局の役人
客人、使用人たち

舞台はラネフスカヤの屋敷

第一幕

いまも子供部屋と呼ばれる部屋。ドアのひとつがアーニャの部屋に通じている。明け方、間もなく日がのぼる。すでに五月、サクランボの花が咲きほこっているが、庭は寒く、明け方のきびしい冷え込み。部屋の窓はあらかた閉じられている。

ドゥニャーシャがロウソクを持って、ロパーヒンが手に本をたずさえて登場。

ロパーヒン　やれやれ、ようやく汽車が着いたな。何時だろう？

ドゥニャーシャ　そろそろ二時ですね。（ロウソクの灯《あか》りを消す）もう、こんなに明るくなって。

ロパーヒン　それにしても、汽車はどれくらい遅れたのかな？　二時間ってところか。

（あくびをして、伸びをする）それにしても、私もおめでたいやね、すっかりドジをふんだものだ！　駅でお出迎えするつもりでここまで来ていながら、ついうとうと……。すわったまま、寝込んじまった。何をやっていることやら……。起こしてくれりゃよかったのに。

ドゥニャーシャ　てっきりお迎えにいらしたと。（聞き耳を立てて）どうやら、お着きのようですわ。

ロパーヒン　（聞き耳を立てる）いや、まだだ……。荷物を受け取ったり、なにやかやある……。

間。

奥さまは外国でお暮らしになって五年、すっかりお変わりになったろうなあ……。いい人だよ、あのかたは。快活だし、気さくだし。思い出すよ、私がまだ十五ぐらいのときのことさ、亡くなったうちのおやじがね、当時この村でちっぽけな店を構えてたんだが、そのおやじに拳固で殴られて、鼻血を流したことがある……。どういうわけか、そのとき二人でこのお屋敷にやってきたのさ。おやじは酔っ払ってた。奥さまは、今でもありありとおぼえてるよ、まだお若くって、とてもほっそりなさってた。その奥さまがね、この私を洗面台に連れてってくださって、それがまさにここ、この子供部屋さ。「さあ、もう泣かないの、ちっちゃなお百姓さん、お嫁さんをもらうまでにはなおりますよ」ってね。

間。

ちっちゃなお百姓さんかあ……。たしかに、おやじは百姓だった。ところが、私ときたらこんな白いチョッキに黄色の短靴なんかはいてね。豚づらさげて高級店通いってわけさ。たしかに、金には不自由しちゃいない、金はうなるほどある。でもね、よくよく考えると、やっぱり百姓の出はあらそえない……。（本のページをくりながら）いまもこの本を読んでいたんだが、何がなんだかさっぱり。読んでるうちに、眠っちまった。

間。

ドゥニャーシャ　お屋敷の犬も一晩じゅう寝ないんですよ。ご主人のお帰りがわかるんですね。

ロパーヒン　おや、どうした、ドゥニャーシャ……。

ドゥニャーシャ　手がふるえて。あたし、なんだか気が遠くなりそうで。

ロパーヒン　やわだな、ドゥニャーシャ、お前は。そのかっこうったら、お嬢さま気取りじゃないか、髪型だってそう。それじゃいけないよ、身の程ってものをわきまえなくちゃ。

花束をかかえたエピホードフ、登場。ジャケットに長靴といういでたち。ぴかぴかに磨き上げられた長靴がやけにキュッキュッと鳴る。入って来るなり花束を取り落とす。

エピホードフ　（花束をひろいあげて）庭師からことづかってきました。食堂にかざれって。（ドゥニャーシャに渡す）

ロパーヒン　ついでに、私にクワス[1]をたのむ。

ドゥニャーシャ　承知しました。（退場）

エピホードフ　いま朝の冷え込みで気温はマイナス三度、ところが桜は満開。この国の気候には納得がいきませんね。（ため息をつく）いや、納得がいかない。この国の気候はここぞってときに横やりを入れてきます。たとえばの話、ロパーヒンさん、私は三日前にこの長靴を買ったんですが、これがまたどうして、キュッキュッとうるさいったりゃありません。何を塗り込んだものでしょうかね？

ロパーヒン　やめとくれよ。うんざりだ。

エピホードフ　来る日も来る日も私には何かしら災難が起きましてね。いや、私、泣き言なんか言いやしません。もう慣れっこでね、いまじゃ平気でにここってもんです。

ドゥニャーシャ、登場。ロパーヒンにクワスを手渡す。

それじゃ、私はこれで。（倒れた椅子につまずいて）ほうら……。（勝ち誇ったように）ごらんのとおり、こう言っちゃなんですが、なんでこうなるの、ってもん

1　ロシアの伝統的な発泡性の清涼飲料。微量のアルコールを含む。肉食が禁じられた斎戒期や夏場は、クワスとパンが農民の主食だった。ロシアの家庭では一般に生水は飲まないし、客に出すことは失礼とされた。

で……。ここまでくると、けっこう毛だらけ、ネコはいだらけ！（退場）

ドゥニャーシャ　じつは、エピホードフさんからプロポーズされたんです。

ロパーヒン　おやおや！

ドゥニャーシャ　あたし、もうどうすればいいのかわかんなくて……。あの人、気だてはいいんですが、ただ話し出すと、何を言ってるのかさっぱり。ていねいだし、心もこもってるんですが、何が何だかちんぷんかんぷん。あたしだって、言われてわるい気はしないんですが。あの人、あたしに首っ丈なんです。かわいそうに、あの人、毎日へんなことが起きるでしょう。ここではみんな、あの人のことをからかって、「二十二の不仕合わせ」[2]ですって……。

ロパーヒン　（耳をそばだて）どうやら、お着きだ……。

ドゥニャーシャ　ほんとだ！　どうしたのかしら、あたし……全身つめたくなって。

ロパーヒン　お着きだ、まちがいない。お出迎えしよう。おぼえていらっしゃるかなあ？　五年ぶりだものなあ。

ドゥニャーシャ　（おろおろしながら）あたし、気を失いそう……。ああ、気が遠くなる！

二台の馬車が近づいてくる音。ロパーヒンとドゥニャーシャ、足早に退場。舞台はもぬけのから。となりの部屋から騒々しい物音。駅にラネフスカヤを迎えに行ったフィールスが杖をつきながら、せわしげに舞台を横切る。お仕着せに山高帽というかっこう。何やらつぶやいているが、ひとことも聞き取れない。舞台裏の騒がしさがますます高まってゆく。「ここを通っていきましょうよ」という人声。旅装のままのラネフスカヤ、アーニャ、鎖につないだ犬を連れたシャルロッタ、コートにネッカチーフ姿のワーリャ、ガーエフ、ピーシチク、ロパーヒン、包みと傘をかかえたドゥニャーシャ、荷物を運ぶ使用人たち――それぞれが部屋を横切っていく。

アーニャ ここを通っていきましょう。ねえ、ママ、ここがなんの部屋だかおぼえてる?

---

2 モデルとなったのはモスクワの遊園地で出し物をやっていたジャグラー。男がよろけて食器棚につかまると、それが倒れて、中の食器が飛散するといった具合に、やることなすこと失敗の連続で、「二十二の不仕合わせ」の異名をとった。一九〇二年にこの出し物を見てチェーホフは大笑いしたという。

ラネフスカヤ （うれしそうに、涙声で）子供部屋！

ワーリャ おお、寒い、手がすっかりかじかんでしまったわ。（ラネフスカヤに）お母さまの部屋は、白い部屋もすみれ色の部屋も、もとのままですよ。

ラネフスカヤ 子供部屋、なつかしいわ、ほんといいお部屋……。私、小さいころここで寝起きしてたの……。（泣く）いまだって、私、ちいさな子供のまんま……。（ガーエフとワーリャにキスをして、ふたたびガーエフにキスする）ワーリャも昔のままね、相変わらず修道院の尼さんみたい。ドゥニャーシャ、あなたのこともちゃんとおぼえてますよ……。（ドゥニャーシャにキスする）

ガーエフ 汽車のやつ二時間も遅れおって。どうなっとるんだ？ 規律ってものがないのかね？

シャルロッタ （ピーシチクに）この犬、クルミをいただきますの。

ピーシチク （おどろいたようすで）これまたご冗談を！

アーニャとドゥニャーシャをのぞいて、一同退場。

ドゥニャーシャ みんなでお待ちしてたんですよ……。（アーニャのコートと帽子を

取ってやる）

アーニャ　ここに着くまで、四日も寝てないの……。いまはもう、寒くて寒くて。

ドゥニャーシャ　お嬢さまがおたちになったのは四旬節《しじゅんせつ》[3]のころで、まだ雪が残っていて、ひどい冷え込みでした、でもいまではどうです？　もう五月なんですねえ！（笑い出して、アーニャにキスをする）ほんと、待ちどおしかった、こんなにうれしいことはありませんわ……。お話があるんです、もう一分も我慢できなくて……。

アーニャ　（気乗りしないようすで）また、何かあったのね……。

ドゥニャーシャ　復活祭明け[4]に管理人のエピホードフさんからプロポーズされたんです。

3　四旬祭、大斎期とも訳される。キリスト教で復活祭前の七週間におよぶ斎戒期間。荒野で四十日間の断食を行ったキリストのひそみにならったもの。この期間、肉類や乳製品は口にしてはならないとされる。

4　ヨーロッパのキリスト教国の「イースター」にあたる。ロシアの復活祭は春分の日のあとの最初の満月から数えて最初の日曜日に祝われ、特定の日に定まっているわけではない。おおむね旧暦の三月二十二日から四月二十五日（新暦では四月五日から五月八日）のあいだ。

アーニャ　いつもおんなじことばっかり……。（髪をなおす）あたし、ヘアピンをすっかりなくしちゃったの……。（くたびれて体をふらつかせる）

ドゥニャーシャ　あたし、もうどう考えればいいのか。あの人、あたしのことがとっても好きなんですって、大好きなんですって！

アーニャ　（自分の部屋に通じるドアを見つめて）あたしの部屋にあたしの窓、まるでどこにも出かけなかったみたい。じぶんちにいるのね、あたし！　あす起きたら、庭に出てみよう……。ああ、眠れるといいんだけれどな！　道中ずっと眠れなかったの、心配事でもうくったくた。

ドゥニャーシャ　おとといからペーチャ[5]さんがいらしてます。

アーニャ　（うれしそうに）ペーチャが！

ドゥニャーシャ　お風呂場[6]のある離れで寝起きなさってます。みなさんのじゃまをしちゃわるいからって。（懐中時計に目をやって）そろそろお起こしする時間なんですが、ワーリャさんが起こすなって。起こしちゃダメっておっしゃるんです。

ワーリャ、登場。ベルトに鍵束を差している。

ワーリャ　ドゥニャーシャ、コーヒーを急いで……。お母さまがお飲みになりたいの。

ドゥニャーシャ　はい、ただいま。（退場）

ワーリャ　やれやれ、ようやく帰ってきたのね。また一緒ね。（やさしく）かわいい妹が帰ってきたのね！　きれいな妹がもどってきたのね！

アーニャ　ほんと、たいへんだったのよ。

ワーリャ　わかるわ！

アーニャ　出かけたのが復活祭の前の週で、そのときは寒かった。シャルロッタは旅のあいだずっとしゃべりづめで、手品ばっかり見せるじゃない。どうしてあんな人、お供につけるのよ……。

5　ロシア人の男性名ピョートルの愛称。この作品ではピョートル・セルゲーエヴィチ・トロフィーモフのこと。なお、ロシア人の正式名は名前・父称・名字の三つからなる。あとの注でもふれるが、リューバはリュボーフィ・アンドレーエヴナ・ラネフスカヤの愛称。ただし本翻訳では、読者の無用な混乱を避けるため、原文にある多様な呼称は踏襲していない。

6　ロシアの風呂はたいていがサウナ式。住まいとは別個に外に建てられるのが通例。脱衣場とサウナ本体からなり、トロフィーモフが寝起きしているのは、この脱衣場だと想定される。

ワーリャ　あなたひとりで行かせられないでしょう。まだ、十七なんだもの。

アーニャ　パリに着くと、寒くて雪だった。私のフランス語ったら、ひどくって。ママは五階に部屋を借りていて、そこに行くと知らないフランス人の男性やご婦人や、本をかかえたカトリックのお坊さんがいて、部屋はタバコの煙だらけ、いられたものじゃないの。すると、突然、あたしママのことがとってもかわいそうに思えて、ママの頭をかかえて、ぎゅっと抱きしめると放せなかった。ママは、それからあたしに甘えて、泣いてばかり……。

ワーリャ　（涙声になって）もういいわ、もういいのよ……。

アーニャ　ママはマントン[7]のはずれのご自分の別荘を売り払っていて、あの人にはもう何も残ってなかった、なーんにも。私だって一文無し、なんとかここまでたどりついたの。ところが、ママったら何もわかってないの！　駅で食事をとると、いちばん高いものを注文するし、給仕には一ルーブルずつチップをはずむの。シャルロッタだってそう。ヤーシャも一人前に自分のものを注文するでしょ、もう踏んだりけったり。でもヤーシャって、ママの召使でしょう、仕方なく連れて帰ってきたの……。

ワーリャ　あのイヤなやつね、さっき会ったわ。
アーニャ　で、どう？　利子は払えた？
ワーリャ　まさか。
アーニャ　あーあ、困ったわね……。
ワーリャ　八月には競売にかけられるの……。
アーニャ　あーあ、困ったわね……。
ロパーヒン　（ドアから顔を出して、ヤギの鳴きまねをする）メーエー……。（退場）
ワーリャ　（涙声で）今度やったら、とっちめてやる……。（拳固でおどすまねをする）
アーニャ　（ワーリャを抱きよせて、小声で）あの人、結婚を申し込んだ？（ワーリャは首を横に振る）だって、あの人、あなたのこと好きなんでしょう……。どうして、ふたりともきちんと話さないの、何を待っているの？
ワーリャ　思うんだけれど、結局、私たちどうにもならないわ。あの人、仕事が忙しくて、私どころじゃないの……私になんか、目もくれないの。いいの、あの人の

7　Menton。フランス東南部、コート・ダジュールにある町。保養地、リゾート地として有名。

ことは、どうでも。ただ、顔を合わせるのがつらくて……。みんな、私たちが結婚すると決めてかかって、お祝いなんか言ってくれるけど、本当はなんにもないの、何もかも夢まぼろし……。（声の調子をかえて）あなたの、そのブローチ、蜜蜂みたいね。

アーニャ　（哀しそうに）ママに買ってもらったの。（自分の部屋に入っていき、子供のように快活な声で）あたし、パリで気球に乗って空を飛んだんだ！

ワーリャ　かわいい妹が帰ってきた！　きれいな妹がもどってきたのね！

ドゥニャーシャ、コーヒーポットを持ってもどってきて、コーヒーをいれる。

（ドアのそばに立って）私、一日中家事に追われながら、いつも考えてるの。あなたをお金持ちにお嫁にやれたらいいだろうなって。そうなれば、私もひと安心、修道院にでも入って、キエフだとか……モスクワだとかに出かけるの。そんなふうにずっと聖地を訪ねてまわるわ。ひとつひとつ、聖地を訪ねて歩くの。うっとりするわ！……

アーニャ　庭で小鳥がさえずってる。いま何時かしら？

ワーリャ　きっと、もう二時すぎよ。いい子だから、もうお休みなさい。（アーニャの部屋に入っていきながら）うっとりするわ！

ヤーシャ、ショールや旅行用バッグをかかえて登場。

ヤーシャ　（舞台を通りぬけながら、いんぎんな口調で）通ってよろしゅうございますか？
ドゥニャーシャ　誰かと思ったら、ヤーシャじゃないの。外国にいたあいだに、すっかり見違えたわね。
ヤーシャ　ふむ……。どちらさまで？
ドゥニャーシャ　あなたがここをたったときには、あたしはまだこんなちっちゃだった……。（手で背丈を示す）ドゥニャーシャよ、フョードル・コゾエードフの娘。おぼえてないんだ！
ヤーシャ　ふむ……。かわいい子ちゃん！（あたりをうかがって抱きすくめる。ドゥニャーシャ、あっと声を上げ、カップの受け皿を落とす。ヤーシャはそそくさと退場）
ワーリャ　（ドア口に顔をのぞかせて、たしなめるような声で）またどうかしたの？
ドゥニャーシャ　（涙声で）お皿を割りました……。

ワーリャ　きっと縁起がいいしるしよ。

アーニャ　（部屋から出てきて）ママの耳に入れておいたほうがいいわね、ペーチャがここに来てること……。

ワーリャ　起こさないよう言ってあるの。

アーニャ　（考えこんで）六年前にお父さまが亡くなって、それからひと月して弟のグリーシャが川でおぼれたんだった。かわいい七つの男の子だった。ママはそれに耐えきれず、わき目もふらずここから逃げだしてった……。（身をふるわせる）あたし、ママの気持ち、よくわかるわ。それがママに通じたらなあ！

間。

ペーチャは家庭教師だったから、会ったらグリーシャのこと思い出させてしまうわね……。

フィールス、登場。白のチョッキに背広のいでたち。

フィールス　（コーヒーポットのところへ行き、気をもむようすで）奥さまはここでお召し上がりになる……。（白い手袋をはめる）コーヒーの用意はいいな？　（いかめしい口調で）おい！　クリームはどうした？

ドゥニャーシャ　あら、あたしったら……。（足早に退場）

フィールス　（ポットの世話をやきながら）えい、この役立たず……。（何やらひとりごとを言う）パリからお帰りだ……。いつぞや旦那さまもパリにいらしたことがあった……馬車でだ……。（声を立てて笑う）

ワーリャ　何を言ってるの、フィールス？

フィールス　なんでございます？　（うれしそうに）奥さまがお帰りになりました！　お待ちしておりました！　もうこれで死んでも本望で……。（うれしさのあまり、涙を流す）

ラネフスカヤ、ガーエフ、ロパーヒン、ピーシチク、登場。ピーシチクは薄手の生地の上っ張りに乗馬ズボンのいでたち。ガーエフは入って来ながら、腕と腰でビリヤードのしぐさをする。

ラネフスカヤ　あれ、なんと言ったかしら？　いえ、待って、思い出すから……。黄玉をコーナーへ！　空《から》クッションでサイド・ポケットへ！

ガーエフ　カットしてコーナーへ！　そういや、昔、お前とここで寝起きしてたんだね、この子供部屋で。ところが、いまじゃ私は五十一だ、なんだか不思議な気もするが……。

ロパーヒン　ええ、時間のたつのは早いもので。

ガーエフ　なんだって？

ロパーヒン　時間がたつのは早いと申し上げたんです。

ガーエフ　ここはなんだかいやな香水の匂いがするな。

アーニャ　あたしもう行って寝ます。お休みなさい、ママ。（母親に口づけする）

ラネフスカヤ　そう、いい子ね。（アーニャの手にキスする）おうちに帰れてうれしい？　私ったら、まだ信じられないの。

アーニャ　それじゃ、伯父さん。

ガーエフ　（アーニャのほおと手にキスする）ああ、お休み。本当に、母さんそっくりだ！　（ラネフスカヤに）なあ、リューバ[8]、お前もこの年頃にはこの子にそっくりだったよ。

アーニャはロパーヒンとピーシチクに手を差し出し、部屋にさがると、後ろ手にドアを閉める。

ラネフスカヤ あの子、もうくたくたなの。

ピーシチク 長旅でお疲れなんでしょう。

ワーリャ （ロパーヒンとピーシチクに）みなさんも、いつまでここにいらっしゃるんです？　もう二時すぎですよ、お休みになる時間ですよ。

ラネフスカヤ （声を立てて笑う）相変わらずね、ワーリャは。（ワーリャを抱きよせてキスする）コーヒーをいただいたら、退散しましょう。

フィールス、ラネフスカヤの足下にクッションを置く。

まあ、ありがとう。私、すっかりコーヒー党になったの。昼も晩もいただくの。

8　ラネフスカヤの名リュボーフィの愛称。なお、アーニャやワーリャは登場人物のリストにも愛称でしか記されていないが、アーニャはアンナ、ワーリャはワルワーラの愛称。

ありがとね、ご苦労さま。（フィールスにキスする）

ワーリャ　荷物がぜんぶ届いているか見てこなくては……。（退場）

ラネフスカヤ　ほんと、私、帰ってきたのね？（笑い声を立てる）はねまわって、両手を振り回したい気分だわ。（両手で顔をおおって）夢じゃないかしら！　ほんと、私は自分が生まれたこの国が好き、とっても好きなの。汽車の窓からながめていられなくて、ずっと泣きどおしだったわ。（涙声で）それはそうと、まずコーヒーをいただかなくてはね。ありがとう、フィールス、ありがと、お世話さま。お前が元気でいてくれてうれしいわ。

フィールス　おとといのことでございます。

ガーエフ　耳が遠いんだよ。

ロパーヒン　私は、これから朝の四時すぎにたたなければなりません、ハリコフにまいります。それにしても、残念です！　こうして奥さまを前にお話ししていたいところなんですが……。それにしても、奥さまは相変わらずお美しい。

ピーシチク　（ぜいぜい息をしながら）いちだんと器量もあがりましたな……。身なりもパリ仕込みだし……こうなると向かうところ敵なしですな……。

ロパーヒン　お兄さまのガーエフさんは私のことを、やれがさつな男だ、損得ずくの男だとおっしゃいますが、そんなことは私にはどうでもいいんです。言いたきゃ、言わせておけばいい。ただ、奥さまには以前どおり私のことを信じていただきたい、そのすばらしい、うっとりするような目で前と同じように私をごらんいただきたいのです。ああ、おやさしい奥さま！　私のおやじは奥さまのおじいさまやお父さまの農奴でした。でも、奥さまは、そうです、奥さまただひとりが、かつて私に目をかけてくださったのです。それで、私は何もかも水に流して、奥さまをおしたいしているのです。肉親同然に……いや、肉親以上だ。

ラネフスカヤ　私、なんだかじっとしていられない、とてもそんな気分じゃないわ……。（立ち上がると、そわそわ歩きまわる）うれしくって、どうしようもないの……。笑われても仕方がないわね、私っておバカさんなんですもの……。ああ、なつかしい私の本棚……。（本棚にキスする）ああ、私の机。

ガーエフ　お前がいないあいだに、ばあやが亡くなったよ。

9　ウクライナ北東部の都市。キエフに次ぐウクライナ第二の都市。

ラネフスカヤ　（腰を下ろして、コーヒーを飲む）ええ、かわいそうに。手紙で知らせてもらったわ。

ガーエフ　アナスターシーも死んだ。やぶにらみのペトルーシカは私から暇をもらって、いまでは町の警察署長の厄介になっている。（ポケットからドロップの箱を取り出して、アメ玉をしゃぶる）

ピーシチク　娘のダーシェニカから、よろしくとのことです……。

ロパーヒン　何かたのしい、気がまぎれるようなお話ができればいいのですが……。（ちらっと時計に目を走らせて）これから出かけますので、あまりお話ししている時間もありませんが……まあ、いいでしょう、二言三言。すでにご存じのように、この桜の園は借金のかたに売りに出されます。競売は八月二十二日と決まりました。なに、ご心配なく、安心してお休みください、打つ手はあります……。私の計画は、こうです。よくお聞きください！　ここの土地は町から二〇キロばかり離れているにすぎません。近くを鉄道が通っております。もし桜の園と川沿いのこの土地を別荘用地に開発し、別荘として貸し出せば、どう少なく見積もっても、年に二万五〇〇〇の収益をあげられます。

ガーエフ　こう言っちゃなんだが、たわごとだな！

ラネフスカヤ　私にはあなたのおっしゃっていることがいまひとつわからないわ、ロパーヒンさん。

ロパーヒン　奥さまは別荘の借り手から一ヘクタール当たり、少なく見積もっても年に二五ルーブルの収入を手になさることになる。もしいますぐ公示を出されれば、一切の手はずは、この私が。秋までには空き地はひとつ残らず売り切れてしまいますよ。いいですか、要するに、これで万々歳、奥さまたちは救われたんです。場所柄は申し分なし、川は深い。ただ、もちろん、多少手入れをしたり、片づけてやることは必要ですが……そう、たとえば、古い家屋は取りこわす。そう、この家なんか使い物になりませんからね。それに古い桜の木を切り倒し……。

ラネフスカヤ　切り倒すですって？　ロパーヒンさん、わるいけど、あなた何もわかっていらっしゃらないわ。もしこの県で多少なりともおもしろく、めぼしいものがあるとすれば、この桜の園だけよ。

ロパーヒン　ここの庭がすごいのはバカでかいことだけです。サクランボは二年に一度しか実をつけないし、それがまた厄介なことに、買い手がつかない。

ガーエフ　いや、ここの桜の園は『百科事典』にも記載されているんだからね。

ロパーヒン　（時計に目をやって）もしこのまま妙案もなく、手をこまねいていたら、この桜の園も領地も八月二十二日に競売にかけられます。ご決断ください！　ほかに手はありません、本当です。ないったら、ないんです。

フィールス　昔は、四、五十年も前には、サクランボを干したり、砂糖漬けにしたり、酢漬けにしたり、ジャムに煮たりしておりました、それに……。

ガーエフ　口をはさむな、フィールス。

フィールス　それに、干したサクランボを何台もの荷馬車でモスクワやハリコフに送り出したものでした。たいそういい金になりました！　あのころ干したサクランボはやわらくて、みずみずしくって甘くて、いい匂いがして……。あのころは、やり方を心得たもので……。

ラネフスカヤ　そのやり方は、いまはどうなったの？

フィールス　忘れました。だれもおぼえておりません。

ピーシチク　（ラネフスカヤに）パリでは何を？　いかがでした？　カエルは召し上がりましたか？

ラネフスカヤ　ワニだって食べたわよ。

ピーシチク　またまたご冗談を……。

ロパーヒン　これまで村には領地の主人や百姓しかいませんでしたが、いまでは別荘族が出没するようになりました。どの町も、どんなちっぽけな町も、周囲に別荘をかかえています。二十年もすれば、別荘族であふれるんじゃないでしょうか。いまはまだ別荘族はバルコニーでお茶を飲んでる程度ですが、そのうち自分の土地で農業経営に乗り出さないともかぎらない。そうなれば、奥さまの桜の園だって、豊かで、それは豪勢なしあわせな庭園に生まれ変わりますよ……。

ガーエフ　（憤然として）たわごとだ！

ワーリャとヤーシャ、登場。

ワーリャ　お母さま、電報が二通、来てますよ。（鍵をひとつ選り分けて、騒々しく古びた棚を開ける）はい、これ。

ラネフスカヤ　パリからだわ。（読みもしないで破く）もうパリとは縁を切ったの……。

ガーエフ　なあ、リューバ、この書棚、何歳になるか知ってるかい？　一週間前、下の引き出しを引っぱり出してみると、焼き印が押してあった。この書棚はちょうど百年前に作られたんだ。すごいだろう？　そう思うだろう？　こうなると、ひとつお祝いでもやらんといかんね。生き物じゃなく、たかが書棚にすぎないがね。

ピーシチク　（おどろいて）百年……。またまたご冗談を！……

ガーエフ　そうさ……。なかなかの代物なんだ……。（書棚をなでながら）親愛なる、尊敬おくあたわざる書棚よ！　百年以上のながきにわたって善と公正さのはえある理想に捧げし、君のその存在に快哉《かいさい》を送らん。実りある仕事をせよという、君のその寡黙《かもく》な呼びかけはこの百年の流れのなかでもいささかも色あせず、（涙声になって）何代にもわたるわが家系の活力とよりよき未来への信仰を支え、われわれのうちに善と社会的意識の理想をはぐくんできた。

間。

ロパーヒン　なるほど……。

ラネフスカヤ　相変わらずね、兄さんったら。

ガーエフ　（ちょっとばつがわるくなって）コンビネーションで右コーナーへ！　カッ

トしてサイド・ポケットへ！

ロパーヒン　（時計に目を走らせて）さて、私はもう行かなくては。

ヤーシャ　（ラネフスカヤに薬を手渡して）お薬は、いまお飲みになりますか……。

ピーシチク　薬なんかお飲みになることはありませんよ、奥さま……こういうのは、毒にも薬にもなりゃしません……。どれ、およこしなさい……さあ、奥さま。（錠剤を取って、手のひらにばらまき、フーッとひと吹きすると、口に放り込み、クワスで飲み干す）はい、これでおしまい！

ラネフスカヤ　（おどろいて）あらまあ、気でもちがったの！

ピーシチク　全部ちょうだいしました。

ロパーヒン　食いしん坊だな。

一同、声を上げて笑う。

フィールス　この方は復活祭の週にもピクルスを半樽も平らげられて……。（何やらつぶやく）

ラネフスカヤ　それ、なんのこと？

ワーリャ　もうかれこれ三年もぶつぶつ言ってるの。私たちはもう慣れっこ。
ヤーシャ　そろそろお迎えがくる年ですからね。

白のドレス姿のシャルロッタが舞台を横切ろうとする。やせぎすの体にぴったり合ったドレスを着込み、ベルトに柄つき眼鏡を差している。

ロパーヒン　失礼しました、シャルロッタさん、まだちゃんとご挨拶もしませんで。（彼女の手にキスしようとする）
シャルロッタ　（その手をもぎはなして）手にキスさせたら、図に乗って次には肘《ひじ》、それから肩でしょう……。
ロパーヒン　さんざんだな、きょうは。

一同、声を上げて笑う。

ラネフスカヤ　そう、やってみせて！　ひとつ手品でもみせてくださいよ、シャルロッタさん！
シャルロッタ　ダメ。私、寝たいんです。（退場）

ロパーヒン　では三週間後にお目にかかります。（ラネフスカヤの手にキスする）それでは、いずれまた。もう行かなくては。（ガーエフに）失礼します。（ピーシチクと別れのキスを交わす）それじゃ。（ワーリャに、それからフィールスとヤーシャに握手の手を差し出す）たちたくないなあ。（ラネフスカヤに）別荘の件、決まりましたらご連絡ください。当座、五万ルーブルは私がご用立てしますので。まじめにお考えください。

ワーリャ　（プリプリしながら）さあ、お行きなさいったら、さあさあ！

ロパーヒン　はい、はい、わかりました……。（退場）

ガーエフ　がさつな男だな。いや、失敬……。ワーリャはあいつに嫁ぐんだったな、つまりワーリャのお婿さんってわけだ。

ワーリャ　伯父さん、余計なことは言わないの。

ラネフスカヤ　いいじゃないの、ワーリャ、私は賛成ですよ。いい人じゃない。

ピーシチク　正直な話……あれは、なかなか立派な人物です……。うちのダーシェニカも……申しておりますよ……いろいろ申しております。（いびきをかくが、すぐ目をさまして）ところで、奥さま、ちょっと金をご用立ていただけませんか……

二四〇ルーブルばかり……あす利息を払わなければならんもので……。

ワーリャ （驚いて）ありませんよ、そんなお金！

ラネフスカヤ 私、本当、一銭もないの。

ピーシチク いや、ありますって。（声を立てて笑う）私はけっして希望をなくしませんぞ。ああ、何もかもダメだ、もう一巻の終わりだと思っていたら、あにはからんや、わが家の土地に鉄道が通り、それで……私には金が転がり込んできました。そう、見ていてごらんなさい、きょう、あすにも何が起きるかわかりません……。ダーシェニカが二〇万ルーブルを引き当てるかもしれません……持っているんですよ、宝くじってやつをね。

ラネフスカヤ コーヒーもいただいたし、休みましょうか。

フィールス （ガーエフの服にブラシをかけながら、さとすように）またまちがえてズボンをおはきになって。まったく手が焼ける！

ワーリャ （小声で）アーニャは寝てるのね。（そっと窓を押し開いて）もう日がのぼって、寒くはないわ。お母さま、ごらんになって、なんてすばらしい木立でしょう！ ああ、すがすがしい空気だこと！ ムクドリが鳴いてる！

ガーエフ　（また別の窓を押し開いて）庭がいちめん真っ白だ。[10] なあ、リューバ、おぼえているかい？　この長い並木道はまるでぴーんと張ったベルトみたいに、どこまでもまっすぐに伸びていて、月夜ともなれば白々とうかんでみえる。おぼえてるだろう？　忘れちゃいないよね？

ラネフスカヤ　（窓から庭をながめて）ああ、私の子供時代、けがれのない子供時代！　この子供部屋で、私、寝起きをして、ここから庭をながめていたの。毎朝、目をさましても、仕合わせだったわ。あのころの庭もちょうどこんなで、ちっとも変わってない。（こみ上げてくるうれしさに笑い出す）ほんと、いちめん真っ白！　ああ、私のお庭！　陰気な雨もよいの秋や寒い冬がすぎると、あなたはまた若々しく生まれ変わり、仕合わせにみたされるのね。天の御使《みつか》いがあなたを見すてる

10　作品の表題にもある「桜」はロシア語では「サクランボ」のこと。日本の代表的な桜の品種で、淡紅色の花をつけるソメイヨシノとはちがって、花は真っ白であるのが特徴。チェーホフは園芸や果樹に大変興味を持っていて、そのことについては小林清美『チェーホフの庭』（群像社、二〇〇四年）が詳しい。同書には『桜の園』の舞台についても、ジンゲルマンの説を引用しながら、ドネツクの大草原にちかいどこかであろうと紹介されている。

ことはないのね……。ああ、この胸や肩から私の重石《おもし》を振り払うことができたら、過去を忘れ去ることができたら！

ガーエフ　ところが、この庭は借金のかたに売られてしまうんだ、妙な話だがな……。

ラネフスカヤ　見て、亡くなったお母さまがお庭を歩いていらっしゃる……白いドレス姿で！（こみ上げるうれしさに笑い出して）あれ、お母さまよ。

ガーエフ　どこに？

ワーリャ　しっかりなさって、お母さま。

ラネフスカヤ　だれもいないわ、そんな気がしただけね。あの右手のほうの、あずまやに折れる道のところ、木がかしいでるでしょ、それが女の人に見えたの……。

トロフィーモフ、登場。よれよれの学生服に、眼鏡をかけている。

なんてすてきな庭なんでしょう！　白い花がいっぱいで、あおい空……。

トロフィーモフ　奥さま！

ラネフスカヤ、彼のほうに振り返る。

ご挨拶をすませたら、すぐさま退散します。(大きな音を立てて相手の手にキスする) 朝まで待てと言われたんですが、我慢できなくて……。

ラネフスカヤ、けげんそうに見つめる。

ワーリャ (涙声で) トロフィーモフさんよ。

トロフィーモフ ペーチャ・トロフィーモフです、グリーシャ君のかつての家庭教師の……。そんなにぼく変わりましたか?

ラネフスカヤ、彼を抱きすくめて、さめざめと涙を流す。

ガーエフ (面食らったようすで) さあ、もういいよ、もういいったら、リューバ。

ワーリャ (涙を流す) だから言ったじゃないの、朝まで待ちなさいって。

ラネフスカヤ グリーシャ……ああ、私の坊や……グリーシャ……私の坊や……。

ワーリャ 仕方ないわ、お母さま。神様のおぼしめしですもの。

トロフィーモフ (やさしく、涙声で) さあ、もういいですよ、もういいですよ。

ラネフスカヤ (さめざめと涙を流しながら) 坊やは死んでしまった、おぼれて……。

どうして、ねえ、どうしてなの？（声をひそめて）向こうでアーニャが寝てるのね、なのに、私ったらこんな大声だして……騒がしくしたりして……。で、どう、お変わりなくて、ペーチャ？　まあ、男っぷりもだいなしね、老けたわねえ。

トロフィーモフ　汽車に乗っていると、おばさんから「禿げの旦那」と言われましたよ。

ラネフスカヤ　あのころは、あなたまだほんと子供で、かわいい学生さんだったのに、それがいまじゃ髪は薄いし、眼鏡までかけて。ほんとまだ学生なの？（ドアに向かう）

トロフィーモフ　きっとぼくは永遠に学生のままですよ。

ラネフスカヤ　（ガーエフ、次いでワーリャに口づけする）さあ、寝にいらっしゃい……。兄さんも老けたわね。

ピーシチク　（彼女のあとを追いかけながら）もうお休みですか……。ああ、また痛風がはじまった。こちらに泊めていただきますからね……。ねえ、奥さま、あすの朝……どうしても二四〇ルーブル必要なんです……。

ガーエフ　こいつは、いつも自分のことばっかりだ。

ピーシチク　二四〇……利息を払わにゃならんのですよ。
ラネフスカヤ　私、お金がないのよ、ごめんなさいね。
ピーシチク　ちゃんとお返ししますから、奥さま……。はした金ですよ……。
ラネフスカヤ　わかったわ、兄さんが貸してくれるわ……。兄さん、貸してあげて。
ガーエフ　貸してやらんでもないが、まあ、当てにしないで待っていろ。
ラネフスカヤ　そんなこと言わないで、貸してあげてよ……。この人、困ってるんですもの……。返すって言ってるんだし。

ラネフスカヤ、トロフィーモフ、ピーシチク、フィールス、退場。ガーエフとワーリャ、ヤーシャは残る。

ガーエフ　妹のやつ、まだ無駄遣いの癖がぬけないな。（ヤーシャに）向こうに行ってくれ、ぷんぷんニワトリくさくってたまらん。
ヤーシャ　（薄ら笑いをうかべて）旦那さまも相変わらずで。
ガーエフ　何だと？　（ワーリャに）こいつ、いまなんと言った？
ワーリャ　（ヤーシャに）村からあんたのおかあさんが見えてるわよ。きのうから召使部屋で待ってらっしゃるわ、会いたいって。

ヤーシャ　勝手なことをしやがって。

ワーリャ　バチ当たりなこと言うんじゃありません！

ヤーシャ　ありがた迷惑な話だ。あす来ればいいのに。（退場）

ワーリャ　お母さまは昔とおんなじで、ちっとも変わってない。ほうっておいたら、すかんぴんになってしまうわ。

ガーエフ　そうだな……。

間。

何か病気にかかって、しこたま薬を出されたら、それは完治の見込みがないということだ。私も頭をしぼって考えてみたが――打つ手はいくらでもある。ということは、どれも当てにはできないということだがね。ひょっくり誰かの遺産がころがりこむとか、うちのアーニャを金持ちに嫁がせるとか、ヤロスラーヴリの伯爵の伯母に会いに行って、無心ができるか賭けてみるとか。なにしろ、あの伯母はたいそう金持ちだからな。

ワーリャ　（涙ぐみながら）神様のお助けでもあればねえ。

ガーエフ　めそめそしなさんな。あの伯母はたいそうな金持ちだが、われわれのことをこころよく思っていなくてな。まず、だいいちに気にくわないのは、妹の嫁いだ先が弁護士で、貴族の出ではなかったことだ……。

　アーニャ、戸口にあらわれる。

貴族じゃない男に嫁いだうえに、しでかしたこともほめられたものじゃない。たしかに気だてはいいし、すばらしい女性だよ、私はあいつのことをとても愛している。だがな、どうひいきめにみたって、あいつのしでかしたことが罪作りであることにかわりはない。ちょっとしたしぐさひとつもそうさ。

ワーリャ　（声をひそめて）アーニャが戸口にいます。

ガーエフ　なんだって？

　間。

おや、何か右目に入ったらしい……なんだかよく見えん。木曜日に地元の裁判所に顔を出したんだがね……。

アーニャ、部屋に入ってくる。

ワーリャ どうしたの、アーニャ、寝てたんじゃないの？

アーニャ ねむれないの。ダメなの。

ガーエフ おやおや、いけない子だね。（アーニャの額や手に口づけする）さあ、いい子だ……。（涙声で）私の姪だとは思えんね、まさにお前は天使だよ。私のすべてだ。ほんとうだ、嘘じゃないよ……。

アーニャ わかってるわ、そんなこと。みんな伯父さんのことが好きだし、尊敬もしてるわ……。でもねえ、いいこと、伯父さん、余計なことは言わないの、黙ってらして。いまもママのこと言ってらしたでしょう、ご自分の妹のことをあだこうだと。なんであんなことおっしゃるの？

ガーエフ そうだ、ほんとにそうだな……。（アーニャの手で自分の顔をおおう）実際、罰当たりなことだ！ くわばらくわばら。それに、きょうは書棚に向かって演説までぶったり……ばかげたまねだ！ 演説を終えて自分でも悟ったよ、ばかげたまねだとね。

ワーリャ　ほんと、伯父さま、余計なことはおっしゃらないで。黙っていればいいの。

アーニャ　余計なことを言うから、それで伯父さんも気をもむことになるのよ。

ガーエフ　わかった、黙っているよ。（アーニャとワーリャの手にキスする）もうへらず口は叩きません。だがな、ひとこと用件だけ。木曜日に地元の裁判所に顔を出したんだが、そこで知り合いと行き合って、なにかと話がはずんだんだ。で、そこで小耳にはさんだんだが、手形で借り入れができて、それで銀行の利子が払えるんだそうだ。

ワーリャ　神様のお助けでもあればねえ！

ガーエフ　火曜日にもう一度行って、話してみるさ。（ワーリャに）めそめそしなさんな。（アーニャに）お前の母さんがロパーヒンと話をつけるだろうし、あの男も無理とは言わんだろうさ……。お前はちょっと休んだら、伯爵夫人のヤロスラーヴリのおばあさんに会いに行っておくれ。つまり、三方から攻めようってわけだ。万事、丸く収まるさ。利子は払える、そう私は確信してる……。（口にドロップを放り込む）お望みとあらば、私の名誉を賭けたっていい、領地は売却にはならん！

（勢い込んで）私の仕合わせを賭けてもいい！　こうして手をあげて誓うよ、もし競売に追い込まれるようになったら、私のことをこの老いぼれ、恥知らずと呼ぶがいい！　わが身を賭けて誓うよ！

アーニャ　（心配事が去って、いまは仕合わせな気分で）伯父さんって、ほんといい人、頭がいいわ！　（ガーエフに抱きつく）これでひと安心！　あたし、もう心配なんかしてない！　仕合わせよ！

フィールス、登場。

フィールス　（たしなめるように）旦那さま、罰当たりもほどほどになさいまし！　いつになったらお休みになるんです？

ガーエフ　わかった、いま寝るよ。フィールス、お前は下がっていいよ。私のことなら、心配いらん、自分で着替えるから。お前たちも、それじゃバイバイだ……。こまごましたことはあした、行ってお休み。（アーニャとワーリャにキスする）私は八〇年代の人間[11]でねえ……。だれしもあの時代のことをよくは言わないが、こう言ってよければ、私は信念を曲げなかったために、人生において辛酸をなめたよ。農民が私のことを大事に思ってくれるのも、それなりの道理があるんだ。農民を理解してやらなくちゃならん！　そもそも農民というのは……。

アーニャ　またはじまった、ダメよ、伯父さん！

ワーリャ　伯父さま、口をお慎みになって。

フィールス　（腹立たしげに）旦那さま！

ガーエフ　わかった、行くよ……。みんなも休んでくれ。ダブルクッションでサイド・ポケットへ！　狙いどおりに、どんぴしゃり。（退場。その後を小走りにフィールスが追いかける）

アーニャ　これで安心したわ。ヤロスラーヴリに出かけるのはいやだけれど。だって、あのおばあさんのこと好きじゃないんだもの、でもこれでひと安心。伯父さんに

11　一八八〇年代は、一八七〇年代の人民主義（ナロードニキ）の運動が壊滅的打撃を受け、その挫折感から社会変革の気運が急速にうすれ、無気力と沈滞ムードが社会に蔓延した時代。大それた社会改革に背を向け、身の回りの小さな慈善事業や、個人の人格の陶冶《とうや》といった、ちっぽけな道徳が台頭した時代で、農民のような質素な生活の美徳を説いたトルストイの思想がもてはやされた。

感謝しなくては。（腰を下ろす）

ワーリャ　もう寝なくっちゃ。行くわ。あなたがいない間に厄介なことになったの。古い召使部屋には、あなたも知ってるでしょ、年寄りの召使ばかりがいるの。エフィームにポーリャにエフスチグネイ、それにカルプ。あの人たち、どこの馬の骨とも知れない連中を寝泊まりさせているの。私は見て見ぬふりだけれど。でも、聞こえてくるの、私が豆料理しか食べさせないと言い立ててるの。ケチだからって……。それもこれもあのエフスチグネイの仕業……。言わせておけばいいと思うの。でも、そっちがそのつもりなら、私だって黙っていやしないわ。エフスチグネイを呼んで言ってやるわ……。（あくびをする）あいつがやって来たら……。なんてことだい、エフスチグネイ……なんてお前はおばかさんなのって言ってやるわ……。（アーニャを見やって）まあ、アーニャったら！…

間。

眠ってる！　（アーニャの腕をとって）寝室に行きましょう……。さあ、さあ！（アーニャを連れて行く）こんなところでお眠りなんかして！　行きましょ……。

二人、歩いて行く。

庭のはるか彼方で牧童が葦笛を吹いている。

トロフィーモフが舞台を横切りながら、ワーリャとアーニャに目をとめて、立ち止まる。

シーッ……。この子、寝ているの……お眠《ね》むなの……。さっ、行きましょうね。

アーニャ （寝ぼけまなこのか細い声で）あたし、もうぐったり……まだ馬車の鈴の音がしてる……大好きよ、伯父さん……ママも伯父さんも……。

ワーリャ さあ、行きますよ、行きましょ……。（アーニャの部屋に退場）

トロフィーモフ （うっとりと）ああ、ぼくの太陽！　ぼくの青春！

幕

第二幕

野原。長らく手入れもされていない、古くて、かしいだ小さな礼拝堂。そばには井戸があって、いくつか大きな石板がころがっている。どうやら昔の墓標らしい。それに古いベンチがひとつ。ガーエフの屋敷に通じる道が見える。わきに黒々と数本の背の高いポプラの木。そこが桜の園のはずれになっている。遠くに電信柱がつらなって見える。その先の彼方の地平線に、おぼろげながら都会とおぼしき町のすがた。それは晴れた、よほど天気のいいときにしかのぞめない。やがて日没というとき。シャルロッタにヤーシャ、ドゥニャーシャがベンチに腰を下ろしている。エピホードフはわきに立って、ギターを爪弾《つまび》いている。腰を下ろしているだれもが物思いにふけっている。シャルロッタは古いハンチング姿。肩から猟銃を下ろして、革ひもの留め具をしめ直している。

シャルロッタ （感慨ぶかげに）私にはちゃんとしたパスポートがないの、それで自分の年がいくつなのかもわからないし、いつまでたっても自分がまだ若い娘のようにしか思えないの。私がまだ小さな子どもだったころ、父さんや母さんは定期市を渡り歩いて、出し物を見せて回っていた。なかなか立派な出し物だった。私もとんぼを切ったり、いろんなことをやったわ。でも、パパとママが死んで、私はドイツ人の夫人に引き取られて、勉強を教えてもらった。そう。それで大きくなってから、家庭教師になった。でも、自分がどこの出の何者なのか――それがわからないの……。親がどういう人だったのか、式だってあげていたのかどうか……それもわからない。（ポケットからキュウリを取り出して、かじる）なーんにもわからないの。

間。

話したいことはいっぱいあるのに、私には話す相手がいない……。私には、誰もいないの。

エピホードフ　（ギターを弾きながら歌う）「浮き世を捨てたわが身なら、友もなければ敵もなし……」[12]。マンドリンをかなでるのはいいものですな！

ドゥニャーシャ　それはマンドリンじゃなくてギターよ。（手鏡をのぞきこんで、白粉《おしろい》をはたく）

エピホードフ　恋する男に、これはまさしくマンドリンでして……。（口ずさむ）「われを思うてくれる恋の火がこころ暖める日をまつばかり……」。

ヤーシャもそっと口ずさむ。

シャルロッタ　まあ、なんてひどい声だろう……フゥーッ！　まるで山犬みたい。

ドゥニャーシャ　（ヤーシャに）それにしても、外国に行けるなんて仕合わせね。

ヤーシャ　もちろん、そうさ。いちいちごもっともだね。（あくびをして、葉巻をふかす）

エピホードフ　そりゃあ、そうです。外国では何から何まで、ことごとくがっしり出来上がっておりますからね。

ヤーシャ　そのとおり。

エピホードフ　私は学問をつんでおりますから、なにやかや名の通った本は読んでおりますよ。ところがどうして、いまひとつその方向性がつかめない。自分が何を望んでいるのか、つまり、生きるべきか、それとも自分にズドンと一発弾《たま》をぶち込むべきか、それがわからない。それはともかく、いつもこうしてピストルは肌身離さず持ち歩いております。ほら、このとおり……。（ピストルを見せる）

シャルロッタ　これでよしっと。さて、出かけよう。（猟銃の革ひもを肩にかける）エピホードフさん、あなたって、とっても頭がよくって、とっても恐ろしい方。女どもがほっとかなくってよ。ブルルッ！　（歩いて行きながら）ここのお利口さんたちときたら、やっぱりおバカさんばっかかし、私の話し相手にもなりゃしない……。いつも私はひとりぼっち、話し相手はだれもいない……それにだいいち、自分がどこのだれだか、なんのために生きているのか、それもわからないんじゃねえ……。（ゆっくり退場）

エピホードフ　つまるところ、ほかのことはさておいて、自分自身のことを申しあげ

12　一九世紀後半にはやった残酷なロマンス（歌謡曲）のひとつ。歌の題名は『月は雲間にかくれ』。作詞はワシーリー・チュエフスキー、作曲はアレクサンドル・デュビューク。

ますと、わが運命は私に情けも容赦もありません。まさに嵐が小舟をもてあそぶがごとし、そう言わざるをえません。いや、私の言っていることが間違っているのかもしれません、でもしかし、一例を申しあげますと、今朝がた私が目をさまして、ひょいと見ますと、胸におそろしく大きな蜘蛛《くも》がのっかっておる……。こんなにでかいやつです。（両手で大きさを示す）あるいは、のどがかわいてクワスを取ると、そこになんと、きわめて不快なゴキブリなんぞが浮かんでいるんです。

　　間。

みなさん、バックル[13]はお読みですかな？

　　間。

ドゥニャーシャさん、ちょっと折り入ってお話が。

ドゥニャーシャ　なんですの。

エピホードフ　できれば、二人っきりで……。（ため息をつく）

ドゥニャーシャ　（困ったようすで）わかったわ……でも、その前にあたしのケープを持って来てくださる……。棚のところにあるはずよ……ここは、ちょっと湿っぽいから……。

エピホードフ 承知しました……取って参りましょう……。これでわかりました、このピストルをどうすればいいのか……。（ギターを取り上げると、爪弾きながら退場）

ヤーシャ あの「二十二の不仕合わせ」野郎！ バカなやつさ、ここだけの話だけど。（あくびをする）

ドゥニャーシャ 自殺なんかされたら困るわ。

間。

あたし、臆病になって、心配ばかりしているの。まだ小娘のときにお屋敷奉公に

13 ヘンリー・トーマス・バックル（Henry Thomas Buckle、一八二一～一八六二）。イギリスの歴史家。おもな著作に『イギリス文明史』（全二巻、一八五七～一八六一）がある。当時生まれて間もない社会学や実証主義、地誌決定論の影響を受け、独自の唯物論的歴史哲学を展開し、一八六〇年代から一八八〇年代にかけてロシアでも広く読まれた。

連れてこられたでしょ、だからいまでは世間の生活の垢《あか》が抜けて、ほら、手なんかまっ白、まるでお嬢さんみたい。気性もなよなよしちゃって、とってもデリケートでお上品な生活が身についていて、なんにでもびくびくしているの……。ほんと、こわいの。ねえ、ヤーシャ、もしあなたに裏切られたら、あたし、神経がどうなってしまうかわかんないわよ。

ヤーシャ　（ドゥニャーシャにキスする）かわいいキュウリちゃん！　もちろん、どんな娘も身の程を知らなくちゃいけない、おれがいちばん嫌いなのは、はすっぱな娘さ。

ドゥニャーシャ　あたし、とってもあなたのことが好き。あなたって教養があって、どんな道理もわきまえているんだもの。

間。

ヤーシャ　（あくびをする）そりゃそうさ……。おれに言わせれば、こうだ。どこぞの男にほれるような娘は、ふしだらってわけさ。

間。

新鮮な空気のなかでくゆらす葉巻は格別だな……。（耳をすます）だれかやって来る……。きっとご主人たちだ……。

ドゥニャーシャ、いきなりヤーシャにしがみつく。

さあ、うちに帰るんだ、水浴びの帰りのような振りをしてな。こっちの道から帰ったほうがいい、鉢合わせでもしたら、おれが疑われて、こっそり二人で会っていたと勘ぐられるかもしれない。そうなったら、ことだから。

ドゥニャーシャ　（ちょっと咳き込んで）葉巻のせいで頭がくらくらする……。（退場）

ヤーシャはひとり残って、礼拝堂のかたわらに腰を下ろす。ラネフスカヤ、ガーエフ、ロパーヒン、登場。

ロパーヒン　さあ最終的にお決めください、時間は待ってはくれませんからね。簡単なことじゃないですか。この土地を別荘地として売りに出すか、さあどうなさいます？　きっぱりお答えください、イエスかノーか？　ただし、きっぱりと！
ラネフスカヤ　だれかしら、ここでいやな葉巻をふかしたのは……。（腰を下ろす）
ガーエフ　ここに鉄道が通って、便利になったもんだ。（腰を下ろす）二人で町に出かけて、メシを食ってきたよ……。黄玉をサイド・ポケットへ！　まずは家に帰って、ひとゲームをやりたいものだな……。
ラネフスカヤ　まだ時間はあるわよ。
ロパーヒン　さあ、どうなんです！　（拝むように）で、ご返事は！
ガーエフ　（あくびをしながら、ラネフスカヤに）どうかしたのか？
ラネフスカヤ　（自分の小さな財布をのぞきこんで）きのうまでたくさんあったのに、きょうはこれっぽっちしかないの。かわいそうにワーリャは節約のために、みんなにミルクのスープしか出さないし、台所にいるお年寄りにエンドウ豆しか与えてないというのに、私ったら後先も考えず散財ばかりして……。（財布を落とし、硬貨が散らばる）あら、落としちゃった……。（自分に愛想をつかす）
ヤーシャ　お拾いします。（お金を拾い集める）
ラネフスカヤ　ありがとう、ヤーシャ。それにしても、どうして私、町まで食事に出かけたのかしら……。兄さんおすすめのお店は音楽でうるさいし、テーブルクロスは石鹸《せっけん》の匂いがするし……。兄さんたら、どうしてあんなにお酒を飲むのよ？　なんであんなに食べるの？　それに余計なおしゃべりまで、ねっ、どうして？　きょうもお店でずいぶん話してたわよね、それもどうでもいいことばっかり。七〇年代がどうとかデカダンがどうとか。相手にことかいて、給仕相手にデカダンの話をするんだから！

ロパーヒン　そうですな。

ガーエフ　（呆《あき》れたふうに手を振って）この性根は直らんね、面目ない。（いらいらして、ヤーシャに）いつも目の前をうろちょろしおって、どういう料簡《りょうけん》だ……。

ヤーシャ　（笑って）旦那さまのお声を聞いておりますと、笑わずにはいられませんで。

ガーエフ　（ラネフスカヤに）どうにかしてくれ、こいつを、さもないと私は……。

ラネフスカヤ　むこうにいらっしゃい、ヤーシャ、ここはいいから……。

ヤーシャ　（ラネフスカヤに財布を渡して）それでは失礼いたします。（笑いをかみ殺して）それでは……。（退場）

ロパーヒン　こちらの領地をあの大金持ちのデリガーノフが買う気です。御大《おんたい》みずから競売に乗りこんでくるとか。

ラネフスカヤ だれから聞いたの？

ロパーヒン 町で、もっぱらの噂です。

ガーエフ ヤロスラーヴリの伯母から金を送って寄こすという約束だが、いつ送ってくれるのか、いくら送って寄こすのか……。

ロパーヒン いくらです？ 一〇万ですか？ 二〇万ですか？

ラネフスカヤ そうね……。せいぜい一万か一万五〇〇〇ってとこかしら、それでもオンの字なんだけど。

ロパーヒン 失礼ですが、お二方のように能天気な、世事にうとい変人は見たことがありません。ちゃんとロシア語で申し上げているじゃありませんか、この領地は競売にかけられるんだと。それなのにお二人とも何も理解しようとなさらない。

ラネフスカヤ じゃあ私たちどうすればいいのよ？ 教えてよ、どうすればいいか。

ロパーヒン 毎日お話ししてるじゃないですか。来る日も来る日も私が申しあげているのはひとつこと。この桜の園も土地も、別荘地になさいと。すぐさま、一刻の猶予もなく――競売は目と鼻の先なんですよ！ わかってください！ 別荘地にすると、きっぱりお決めください。そうすりゃ、いくらでも金は転がり込んできます、お二方ともこれで万々歳ってわけです。

ラネフスカヤ 別荘だとか別荘族だとか、こう言っちゃなんだけど、いけ好かないわ。

ガーエフ まったく同感だね。

ロパーヒン ああ泣きたくなってきた、大声をだしそうだ、気が遠くなる。もういやだ！ お二人に振り回されてくたくただ！ （ガーエフに）優柔不断な女みたいな人だ！

ガーエフ なんだと？

ロパーヒン 女だと言ったんです！（去ろうとする）

ラネフスカヤ （あわてて）ダメ、行かないで、ねえ、ここにいらして。お願いだから。ねっ、考えてみましょうよ。

ロパーヒン 何をいまさら！

ラネフスカヤ 行かないで、お願い。それに、あなたがいるとなんだか気が晴れるの……。

間。

ずっと私不安なの、いまにも家の天井が抜けて、私たちの頭の上に落ちてくるんじゃないかって。

ガーエフ （すっかりしょげかえって）空クッションでコーナーへ……。ひねってサイド・ポケットへ。

ラネフスカヤ 私たちずいぶんたくさん罪を犯してきたもの……。

ロパーヒン 罪だなんて、そんな……。

ガーエフ （ドロップを口に放り込んで）私はドロップで財産をつぶしたと言われているよ……。（笑う）

ラネフスカヤ ああ、私の罪……。いつだって、気がふれたみたいに、こらえ性もなく散財してきたし、嫁いだ男は借金をこさえるしか能がない人だった。その夫が死んだのはシャンパンのせい。そりゃあ浴びるように飲んでたわ。そして不幸にも、私、ほかの男が好きになって、その男に走ったの。ちょうどその頃のこと、それが最初の罰だった。頭をガツンとやられたの。そうよ、この川で……坊やがおぼれたの。それで、私、外国に逃げだした、そう、逃げたの。二度と戻るもんか、こんな川なんか見たくないという一心で……。ぎゅっと目をつむって、闇雲にひたすら逃げていったの。ところが男があとから追いかけてきた……情けも容赦もなく、ずうずうしく。私がマントンの近くに別荘を買ったのは、その男がむこうで病みついたからよ。それから三年、夜も昼も息つくひまもなかった。病人に苦しめられて、身も心もくたくたになった。それで去年、別荘を手放したのをきっかけにパリに移り住んだんだけれど、そこでもあの男、私からしぼり取れるだけしぼり取ると、ポイと私を捨てて、ほかの女に走ったの。私は毒をあおって……。なんておろかな、恥ずかしい……。すると、急にロシアに帰りたくなったの、このふるさとに、わが娘《こ》のもとへ……。（涙をぬぐう）ああ、神様、どうか私の罪をお許しください！　もうこれ以上、私に罰をお与えにならないでください！　（ポケットから電報を取り出す）きょうパリから来た手紙……。許してくれ、戻って来てくれって……。（電報を引き裂く）どこかで音楽をやっているようね。（耳をすます）

ガーエフ　ここの有名なユダヤ人の楽師たちだ。おぼえてるかい、四人のバイオリン弾きとフルートとコントラバスのこと。

ラネフスカヤ　まだあるの？　あの人たちを呼んで、パーティでも開けるといいわね。

ロパーヒン　（聞き耳をたてる）聞こえないなあ……。（かすかに口ずさむ）「金のためならなんでもござれのドイツ人、ロシア人をフランス人と言いくるめるなんぞ、朝飯前」[14]。（声を立てて笑う）きのう観た芝居がとてもコッケイでしてね。

ラネフスカヤ　きっと、おもしろくもなんともなかったにちがいないわ。あなた、お芝居なんか観ている暇があるんなら、もう少しご自分のことでもお考えになったらどう。いつも詰まらない生活で、余計なおしゃべりばかり。

ロパーヒン　おっしゃるとおり。たしかに、われわれの生活はバカげてますね……。

間。

うちの親父は百姓で、ばかで何も理解せず、私を教育するどころか、酔って殴るしか能がありませんでした。それもいつも杖で。なんのかの言ったって、私だっておろかなおバカさんです。教育はないし、書く字といえばひどいもので、ひとさまの前に出ると穴があったら入りたくなるくらいです。

ラネフスカヤ　結婚するべきよ、あなたは。

ロパーヒン　ええ……。たしかに。

ラネフスカヤ　うちのワーリャならお似合いよ。あの娘《こ》はできた娘ですよ。

ロパーヒン　ええ。

ラネフスカヤ　あの娘《こ》は平民の出で、一日中仕事に明け暮れているけれど、肝心なのは、あなたのことが好きだってこと。あなただって、嫌いじゃないんでしょ。

ロパーヒン　さてどう申しあげればいいのか。私は別段、いやと言うのじゃ……。たしかに、できたお嬢さんです。

間。

ガーエフ　私に銀行の口を斡旋してくれる人がいてね。年に六〇〇〇くれるそうだ……。お前に話したっけ？

ラネフスカヤ　兄さんの柄じゃないわ！　兄さんまであたふたしなくったって……。

14　チェーホフ時代のボードビルのせりふと思われるが、出典は不明。

フィールス、登場。コートを持ってくる。

フィールス　(ガーエフに) 旦那さま、どうぞお召しを。湿っぽくなっておりますから。

ガーエフ　(コートをはおる) うんざりだな、お前には。

フィールス　困ったお方だ……。朝は何もおっしゃらずにお出かけになるし。(ガーエフをしげしげとながめ回す)

ラネフスカヤ　あなたも年を取ったわね、フィールス。

フィールス　なんでございます?

ロパーヒン　年を取ったとおっしゃってるんだよ!

フィールス　長く生きておりますから。一度なんぞ嫁を取らされそうになりました、まだお父上のお生まれの前のことでした……。(声を立てて笑う) 解放令[15]が出ましたときには、もう召使頭になっておりました。そのとき私は解放令に納得がいきませんで、お屋敷に残りました……。

間。

おぼえております、みんな喜んでおりましたが、わけがわかっておりませんでした。

ロパーヒン　そりゃあ、昔はよかったろうさ。なにしろ、鞭《むち》でぶん殴ったからな。

フィールス　（聞き取れず）もちろんです。ご主人あっての百姓、百姓あってのご主人です。ところがきょうび、何もかもメチャクチャで、何がなんだかさっぱり。

ガーエフ　黙っていろ、フィールス。私はあす用事があって町に出かける。ある将軍に紹介してくれるという話でね、その人から手形で金が借りられるかもしれん。

ロパーヒン　そんな話、まとまるもんですか。利子だって払えやしませんよ、まあご安心なさい。

ラネフスカヤ　この人たわごと言っているだけよ。将軍なんているもんですか。

トロフィーモフ、アーニャ、ワーリャ、登場。

ガーエフ　おや、みんなやって来るぞ。

アーニャ　ママもいらっしゃる。

15　一八六一年の農奴解放令のこと。

ラネフスカヤ　（やさしく）さあ、いらっしゃい、こっちへ……。さあ、ふたりとも……。（アーニャとワーリャを抱擁する）ふたりにわかるかしら、私があなたたちのことをどれほど大切に思っているか。ここにおかけなさい、さあ、ここに。

一同、腰を下ろす。

ロパーヒン　われらが万年大学生はいつもお嬢さんたちと一緒だな。
トロフィーモフ　君には関係ないことだ。
ロパーヒン　この人はもうじき五十になろうというのに、いまだに大学生なんですからね。
トロフィーモフ　ほどほどにしてもらいたいな、そういう馬鹿げた冗談は。
ロパーヒン　なんだ、怒ったのか、変なやつだな。
トロフィーモフ　言いがかりをつけるのも、いい加減にしろよ。
ロパーヒン　（声を立てて笑う）ひとつ伺いたいんだが、君は私のことをどう思ってるのかね？
トロフィーモフ　ぼくはこう思ってるね。君は金持ちで、やがて億万長者になるだろう。新陳代謝を考えれば、手当たり次第に物を食い散らす獰猛《どうもう》なケモノも必要で、その意味では君も必要だ。

一同、笑う。

ワーリャ ペーチャ、それよりお星さまのお話をしてよ。

ラネフスカヤ それより、きのうの話のつづきをしましょう。

トロフィーモフ なんの話でしたっけ?

ガーエフ 誇り高い人間[16]とはという話だ。

トロフィーモフ きのうはずいぶん話をしましたが、結局結論には至りませんでしたね。みなさんのお考えでは、誇り高い人間には神秘的なところがあるという。みなさんの考えはそれなりに正しいのかもしれません。でも、もっと単純に、小難しいことは抜きに考えてみると、そもそも誇りとはなんでしょう。もし人間が生

16 ゴーリキーの戯曲『どん底』(一九〇二年)に登場するサーチンのせりふ「人間——この誇り高きひびき」をもじったものであろう。

理学的にお粗末な存在で、大半が野蛮で、知恵もなく、深く不幸な存在であるとすれば、誇り高いということにどんな意味があります？　自分を大それた存在だとうぬぼれるのはやめにすべきですね。黙々とただ働いていればいいんです。

ガーエフ　どうせ誰しも死ぬ身だよ。

トロフィーモフ　そうかなあ。死ぬってどういうことです？　ひょっとすると、人間には一〇〇の感覚があって、死によって消滅するのは、われわれが知っている五感だけで、残りの九五の感覚は生きているかもしれない。

ラネフスカヤ　頭がいいわ、ペーチャ！

ロパーヒン（皮肉っぽく）おっそろしく！

トロフィーモフ　人類はその能力に磨きをかけながら未来に邁進《まいしん》しています。いまは理解不能なことだって、やがて身近で、理解のおよぶものになるでしょう。そのためには身を粉《こ》にして働き、真理を求める人たちに助けの手を差しのべることが必要です。ところがこのロシアでは、身を粉にして働いているのはまだほんの一握りでしかない。ぼくが知っている大半のインテリは何も求めていないし、何もしちゃいないし、いまのところ労働の能力もない。自分ではインテリ気取りだが、召使には「おまえ」呼ばわり、農民の扱いは動物なみで、勉強もしなければ、まじめに読書もしない、およそ何もしちゃいません。学問については口先で議論をするだけ、芸術にはきわめてうとい。だれもかれも深刻ぶった、いかめしい顔つきで、高尚なことをのたまい、哲学風を吹かせているが、そういう連中が目にする労働者たちは、ひどい食事をし、眠るのに枕もなく、三〇人、四〇人がひとつ部屋に押し込められ、いたるところに南京虫、鼻をつく悪臭、じめじめした湿っぽさ、道徳的不潔さ……。どうやらわれわれの高尚な議論というのは、わが身と他人の目をそらすためのものでしかない。あれだけかまびすしく喧伝《けんでん》されていた保育所はどこにあります、図書館はどこにあります？　そういうのは小説に描かれているだけで、現実には何一つない。あるのは不潔、俗悪、アジア的な無知蒙《むちもう》昧《まい》ばかり……。深刻ぶった顔なんか、ぼくは願い下げだし、好きじゃない。深刻ぶった議論も願い下げです。黙っているほうがよほどましですよ。

ロパーヒン　私は朝の四時すぎには起きて、朝から晩まで働きづめです。そりゃあ、たしかに金はある、自分の金やひとさまの金がね。ところがまわりを見渡してみると、ろくでもない人間ばかりです。何か始めてごらんなさい、たちどころにわかりますよ、誠実で真っ当な人間がいかに少ないか。たまに眠れないときに、考えるんです。神よ、あなたは私たちにとてつもなく大きな森や広大な荒野、はてしない地平線をお与えになりましたが、こういうところに住んでいる私たちも真の巨人にならなければならないのか、と。

ラネフスカヤ あなたには巨人が必要かもしれないけれど……おとぎ話に出てくるならともかく、本当に出てこられたら、恐ろしいわ。

舞台奥をギターを奏でながらエピホードフが通りすぎる。

（物思いに沈んで）エピホードフが歩いてく。

アーニャ （物思いに沈んで）エピホードフが歩いてく。

ガーエフ 日が落ちたな。

トロフィーモフ そうですね。

ガーエフ （小声で、朗読するように）おお、妙なる自然よ、永遠の輝きに照り映える、美しく、無関心な自然よ、われらが万物の母と呼びならわせしそなたは、御身のうちに生と死をあわせ持ち、万物を生み、またそを破壊する……。

ワーリャ　（訴えるように）伯父さんっ！
アーニャ　伯父さんたら、また性懲《しょうこ》りもなく。
トロフィーモフ　あなたは黄玉を空クッションでサイド・ポケットへ、とやってればいいんです。
ガーエフ　はい、はい、おとなしく黙っているよ。
一同、腰を下ろして考え込む。静寂。フィールスのつぶやきだけが聞こえる。突如、はるか彼方で、キーンとワイヤーがはぜる音、それはまるで天上からこだましてくるかのようで、もの悲しくかき消えてゆく。
ラネフスカヤ　いまの、何？
ロパーヒン　なんでしょう。どこか遠くの坑道でバケツでも落ちたのかな。でも、かなり遠くです。
ガーエフ　鳥かもしれんな……サギか何か。
トロフィーモフ　フクロウかも。
ラネフスカヤ　（身をふるわせて）なんだか気味がわるいわ。

間。

フィールス　あの不幸の前も同じでした。フクロウがさわぎたて、サモワール[17]がひっきりなしにゴトゴトうなっておりました。

ガーエフ　不幸って、なんの？

フィールス　解放令でございます。

ラネフスカヤ　さあ、みんなも帰りましょう、暗くなってきたし。（アーニャに）涙なんかうかべて……どうしたの？

アーニャ　だいじょうぶ、ママ、なんでもない。

トロフィーモフ　誰か来ますよ。

白のよれよれのハンチングにコート姿の通りすがりの男があらわれる。少し酔っている。

通りすがりの男　ちょいとお訊《たず》ねいたします、ここをまっすぐ行けば駅に出られましょうか？

ガーエフ　出られるよ。この道をまっすぐだ。

通りすがりの男　ご親切、痛み入ります。（咳払いをして）天気は上々だし……。（朗唱する）わが兄弟、苦しめる兄弟よ……ヴォルガに出でよ、聞こえるはだれがうめきぞ……。[18]（ワーリャに）マドモワゼル、ひもじいロシアの同胞に、三〇コペイカのお恵みを……。[19]

[20]

ワーリャ、怖くなって声をあげる。

ロパーヒン　（むっとして）不作法にも程があるぞ！

17　ロシア特有の喫茶用湯沸かし器。円筒形や円錐形の銅製のものが多い。内部の木炭で湯を沸かした。

18　ロシアの詩人セミョーン・ナドソン（一八六二〜一八八七）の詩の冒頭の一節。ただし、正確な引用ではない。原詩の冒頭は以下のとおり。「わが友よ、わが疲れ苦しめる兄弟よ、／そなたがだれであれ、けっして気を落とすまい。／この泣き濡れた大地の上に、／いかに虚偽と悪がはびころうと、／いかに尊い理想が誹謗され打ち砕かれ、／いかに罪もない血が流されようと、／信ぜよ、その時は必ずや来たる。しかして、偽りの神は滅び、／この地に愛がよみがえるのだ！」

ラネフスカヤ　（うろたえて）あげるわ……取って……（財布のなかを探す）銀貨がないわ……まあいいわ、はい、これ、金貨……。

通りすがりの男　ご親切、痛み入ります！（退場）

笑い声。

ワーリャ　（おどろいて）私、帰ります……もうやってられないわ。ほんと、お母さまったら、家には食べるものもないのに、金貨まで恵んでしまって。

ラネフスカヤ　ほんとに私、おバカさんでどうしようもないわね！　帰ったら、私のお金はぜんぶあなたに預けるわ。ロパーヒンさん、また貸してくださいね！……

ロパーヒン　承知しました。

ラネフスカヤ　さあ、帰りましょう、みなさん、もう時間よ。ところで、ワーリャ、さっきここであなたの縁談をまとめましたよ、よかったでしょ。

ワーリャ　（涙声で）お母さま、そんな冗談およしになって。

ロパーヒン　オフメーリヤ、さらば修道院に行くがよい……。[21]

ガーエフ　なんだか手がむずむずするな。長いこと玉を撞《つ》いてないからなあ。

ロパーヒン　オフメーリヤ、おお水辺の妖精よ、私のことを祈ってくれ！

ラネフスカヤ　さあ、みんな、帰りましょう。じきに夕食よ。

ワーリャ　さっきの男にはおどろかされたわ。いまだに心臓がドキドキしている。

ロパーヒン　みなさん、お忘れないように、八月二十二日にはこの桜の園は競売にかかります。どうかお忘れなく！……お考えおきください。

一同、退場。トロフィーモフとアーニャだけが残る。

19　ネクラーソフの詩『壮麗な表玄関にたたずみて物思う』の一節。一部を示せば、以下のとおり。「ヴォルガに出でよ。／偉大な川面をわたるは、だれがうめきぞ。／このうめきはこの国では歌と呼びならわされ、／船曳きが引き綱ひいて歩いていく。／ヴォルガよ、ヴォルガよ……いかに春の出水で／お前が野をひたそうとも、／民衆のなげきがこの地をおおいつくすにはかなわない。／民草のあるところ、かならずうめきあり……ああ、いとおしき民衆よ！」

20　ロシアのお金の単位。一〇〇分の一ルーブル。

21　シェイクスピアの戯曲『ハムレット』第三幕、第一場の有名なせりふのもじり。オフィーリアがオフメーリヤになっているが、ロシア語の動詞「オフメレーチ」は「酔っ払う」の意。

アーニャ（声を立てて笑いながら）さっきの人、さまさまね。あれでワーリャが怖《お》じ気《け》づいたんだもの。これでふたりっきり。

トロフィーモフ　ワーリャはぼくたちが恋に落ちるんじゃないかと心配で、始終ぼくたちから離れないんだ。あの人は料簡がせまくて、ぼくたちが恋愛を超越していることが理解できないのさ。ささいなことや見かけに惑わされていては、自由で幸福な人間にはなれない。そんなことにかまけていちゃいけないんだ。それがぼくたちの生きていく目的であり、生きている意味なんだ。前進せよ！　ぼくたちはあの遠くに赤々と燃える明るい星に向かって敢然と突き進む！　前進せよ！　遅れるな、友よ！

アーニャ（両手を打って）すてきだわ、その言い方！

間。

きょうはここって、最高ね！

トロフィーモフ　そう、天気も申し分なし。

アーニャ　あなたのせいよ、ペーチャ、あたしもう以前みたいに桜の園のこと好きじゃないの。あんなにいとおしく思ってたのに、この桜の園よりすばらしい所は地上にないと思っていたのに。

トロフィーモフ　ロシア全体がぼくらの庭なんだ。大地は広大で美しい、この地上にはまだすばらしい場所がうんとあるさ。

間。

いいかい、アーニャ。君のお祖父《じい》さんもひいお祖父さんも、君の先祖はみんな、生きた農奴を所有する農奴制の支持者だった。この庭のサクランボの実のかげから、サクランボの葉っぱのかげから、その木の幹のかげから、何やら人影がじっと君を見つめているような気がしないかい、君にはその声が聞こえないかい……。生きた農奴を所有してきたせいで、君たちはみんな、昔生きてた人も、いま生きている者も人が変わってしまったんだよ。それで君のお母さまも、君も伯父さんも、自分のふところを痛めず他人に養ってもらっていることに気づかないし、君たちの生活が玄関口より奥には入れない人々の犠牲の上に成り立っていることに気がつかないんだ……。ぼくたちは少なくとも二百年は遅れている。ぼくらは何もないにひとしい、過去にたいする明確な姿勢もない。それで哲学風を吹かしては、ああ詰まらないと愚痴をこぼし、ウオッカをあおっているだけなんだ。現在に生きることを始めるには、まずぼくたちの過去をあがない、それに片をつけることが必要じゃないのかい。過去をあがなえるのは苦悩によってのみ、尋常ならざる絶え間ない労働によるほかないんだ。わかるよね、アーニャ。

アーニャ　あたしたちが暮らしている家は、もうとっくの昔からあたしたちの家じゃなかったのね、そうとわかれば、あたしここから出ていく、約束するわ。

トロフィーモフ　もし君が家政の鍵をにぎっているなら、そんなもの井戸に放り込んで、すたこらここから逃げだすことだ。自由になるんだ、風のように。

アーニャ　（感激して）いい言葉だわ！

トロフィーモフ　信じてくれ、ぼくを、アーニャ、信じて！　ぼくはまだ三十にもならない。ぼくは若い、ぼくはまだ学生だ。でも、ずいぶん苦労をした。冬のようにぼくはひもじいし、病んで、不安で、物乞いみたいに貧しいし、運命に翻弄されて各地を転々と放浪したよ！　でもね、ぼくの心はいつも、昼も夜もいつだって、なんとも言えない予感にあふれていた。いまもぼくは幸福を予感するんだ、アーニャ、それがありありと目に見える……。

アーニャ　（考え込んで）お月様がのぼったわ。

エピホードフがいつもの物悲しい歌をギターで爪弾いているのが聞こえる。月が出ている。どこかポプラの木のあたりでワーリャがアーニャを探して呼んでいる。「アーニャ！　どこにいるの？」。

トロフィーモフ　そう、月が出た。

間。

ほら、その幸福がやって来る、ぐんぐん近づいてくる。ぼくにはもうその足音が聞こえる。ぼくらがそれを目にできないとしても、それに気がつかないとしても、なに、かまうもんか。ほかのだれかが見つけるさ、きっと。

ワーリャの声、「アーニャ、どこなの？」。

また、あのワーリャだ！（いらいらとして）たまらんな！

アーニャ　ねえ？　川に行きましょう。向こうのほうがいいわ。

トロフィーモフ　行こう。

ふたり、歩いていく。

ワーリャの声、「アーニャ！　アーニャ！」。

幕

第三幕

奥の大広間とアーチで区切られた客間。シャンデリアがまたたいている。控えの間でユダヤ人の楽団が演奏しているのが聞こえる。第二幕で話題になったあの楽団である。夕刻。大広間で大円舞《グラン・ロン》を踊っている。「Promenade à une paire!《プロムナード・ア・ユヌ・ペール》」「ペアを組んで前へ！」と声をあげるシメオーノフ＝ピーシチクの声。客間にぞろぞろ人々が登場。最初のペアはピーシチクとシャルロッタ、二番目はトロフィーモフとラネフスカヤ、三番目はアーニャと郵便局員、つづいてワーリャと駅長といった面々。ワーリャは人目をさけるように涙をうかべ、こっそり涙をぬぐう。最後尾のペアにドゥニャーシャ。人々は客間をぬけていく。「Grand-《グラン・》rond, balancez!《ロン・バランセ》」「大円舞、バランスを取って！」「Les cavaliers à genoux et《レ・カヴァリエ・ザ・ジュヌー・エ・》remerciez vos dames.《ルメルシエ・ヴォ・ダーム》」「騎士はひざまずいて、ご婦人に一礼！」と声を張りあげるピーシチクの声。

燕《えん》尾《び》服《ふく》姿のフィールスがお盆にのせてセルツァー水[22]を運んでいる。客間にピーシチクとトロフィーモフ、登場。

ピーシチク　私は太っていて、もう二度まで卒中を起こして、ダンスなんぞおぼつかないんだが、そこはそれ、群れに入ったら吠えないまでも、せめてしっぽは振ってみせよってやつでね。私の元気のいいことったら、馬なみで。亡くなったうちの親父はお調子者で、つねづねわが家の家系に関して言って、おったよ、なんでもうちの家系はかのカリグラ皇帝[23]が元老院の議席を与えた馬にさかのぼるんだとか……。（腰を下ろす）ところが、困ったことに、私には金がない！　ひもじい犬は肉しか信じないと言うが……、（いびきをかくが、たちまち目をさまして）それと同じで……私が信じられるのは、金だけで……。

トロフィーモフ　そう言えば、あなたの姿かっこうには、どことなく馬みたいなところがありますね。

ピーシチク　なんのなんの……馬も捨てたもんじゃありませんぞ……売れるから

ね……。

隣の部屋からビリヤードの音が聞こえる。大広間のアーチの下にワーリャ登場。

トロフィーモフ　（からかって）マダム・ロパーヒン、マダム・ロパーヒン！

ワーリャ　（むっとして）なによ、禿げの旦那！

トロフィーモフ　たしかにぼくは禿げちゃいるが、それを誇りに思ってるさ！

ワーリャ　（居たたまれない思いで）楽師たちまでよんで、お金はどうするつもりなのかしら？（退場）

トロフィーモフ　（ピーシチクに）もしあなたが生涯借金の利息を払うために費やした努力を、何かほかのものに振り向けていたら、きっとこの地球だってひっくり返せたでしょうに。

22　ドイツ西部のニーダー・セルツァー産の発泡ミネラル・ウォーター。

23　ローマ皇帝（在位三七〜四一年）。本名ガイウス・ユリウス・カエサル・アウグストゥス・ゲルマニクス。皇帝ネロをしのぐ暴君で、自分の愛馬をローマの執政官に任命しようとするなど、狂気の逸話は数多い。

ピーシチク　ニーチェが……哲学者の……あの有名な……どえらい知性の持ち主が、その本のなかで、贋金《にせがね》を作ってもいいとか申しているそうですな。

トロフィーモフ　ニーチェをお読みになったんですか？

ピーシチク　いや……うちのダーシェニカの話です。いまや私は、その贋金作りをやってみたい心境だよ……。あさってには三一〇ルーブル払わなければならんのです……。なんとか一三〇ルーブルまでは工面できたが……。（おそるおそるポケットをまさぐってみる）ないっ！　金がないっ！（涙声になって）どこだ、どこにいったんだ？（うれしそうに）あった、あった、内ポケットのなかにあった……。とんだ大汗ものだ……。

ラネフスカヤとシャルロッタ、登場。

ラネフスカヤ　（レズギンカ[24]の曲を口ずさむ）兄さんたら、どうしてこんなにおそいのかしら？　町で何してるんだろう？（ドゥニャーシャに）楽師のみなさんにお茶をさしあげてね……。

トロフィーモフ　おそらく競売は成立しなかったんじゃないですか。

ラネフスカヤ　楽師たちも間のわるいときに来たものね、それにこんな日に舞踏会を開くのも見当ちがいだし……。なに、なるようにしかならないわ……。（腰を下ろして、小声で口ずさむ）

シャルロッタ　（ピーシチクに一組のカードを手渡して）ここに一組のカードがあります、何か一枚カードを思い浮かべてください。

ピーシチク　考えました。

シャルロッタ　では、カードを繰ってください。それで結構。こちらにください、お利口さんのピーシチクさん。一《アイン》、二《ツヴァイ》、三《ドライ》！　さあ、カードはあなたの脇のポケットにあります……。

ピーシチク　（脇のポケットからカードを取り出す）スペードの八、当たった！　（おどろいて）またまたご冗談を！

シャルロッタ　（カードの束を手のひらにのせて、トロフィーモフに）さあ、早く言って、いちばん上のカードは？

24　コーカサス地方の民族舞踊曲。

トロフィーモフ　ええーっと、それじゃ、スペードのクイーン。
シャルロッタ　はいっ！　（ピーシチクに）次はあなたの番ね？　上のカードはなんでしょう？
ピーシチク　ハートのエース。
シャルロッタ　はいっ！　（手のひらを打つと、カードの束が忽然と消える）ああ、今日はいいお天気だこと！
　すると、まるで床下から聞こえるような不思議な女性の声で、「おお、さようでございます、申し分のないお天気で、奥さま」という返事。
なんて、あなたはお利口さんなんでしょう。
　「わたくしだって、奥さま、あなたのことがとってもちゅきですよ」
駅長　（拍手喝采しながら）これぞ腹話術の女王、ブラボー！
ピーシチク　（目を白黒させて）またまたご冗談を！　お茶目なシャルロッタさん……私はすっかり惚れましたぞ……。

シャルロッタ　惚れた？（肩をすくめて）あなたに人が愛せまして？　人はいいけど、人はいいけど《グーター・メンシュ》、からっきし音楽はダメなお方。

トロフィーモフ　（ピーシチクの肩をたたいて）さあ、さあ、馬さん、がんばって……。

シャルロッタ　ご静粛に、もう一つおまけの手品です。（椅子からショールを取り上げて）ここにすてきなショールがございます。お売りいたします……。（ショールを振りかざしながら）どなたかお求めになる方は？

ピーシチク　（目を白黒させて）またまたご冗談を！

シャルロッタ　一《アイン》、二《ツヴァイ》、三《ドライ》！（たらしたショールをパッと引き上げる）

ショールのかげからアーニャがあらわれる。うやうやしくお辞儀をし、母親に駆け寄って抱きすくめると、一同の喝采のなか大広間に駆けていく。

ラネフスカヤ　（喝采を送りながら）ブラボー、ブラボー！

シャルロッタ　もひとつ、おまけに！　一《アイン》、二《ツヴァイ》、三《ドライ》！

ショールを引き上げると、ワーリャが立っていて、一同にお辞儀をする。

ピーシチク （目を白黒させて）またまたご冗談を！

シャルロッタ これでおしまい！（ピーシチクにショールを投げかけ、しなを作ってお辞儀をすると、大広間に駆け去る）

ピーシチク （急いでシャルロッタを追いかけて）なんてお茶目な娘さんだ。いたずらっ子さんだ。（退場）

ラネフスカヤ それにしても、兄さんおそいわねえ。こんな時間まで町で何してるのかしら！ 屋敷が売れたにしろ、競売が流れたにしろ、とっくにケリはついているはずなのに。どうしてこんなにやきもきさせるのかしら！

ワーリャ （なだめようと）きっと伯父さんがお買いになったのよ、そうにちがいないわ。

トロフィーモフ （鼻であしらって）だろうねえ。

ワーリャ 大伯母さまから伯父さんに委任状が来たの。借金の肩代わりはするから、大伯母さまの名義で屋敷を買い戻しなさいって。アーニャのためを思って、大伯母さまがしてくださったの。だから私、信じているの、神様にそれが通じて、きっと伯父さんが落札なさるって。

ラネフスカヤ ヤロスラーヴリの伯母が一万五〇〇〇ルーブル送って寄こしたのよ、

ご自分の名義で屋敷を買えって。あたしたちのことを信用してないのね。でもそんなお金じゃ、利子も払えやしない。（両手で顔をおおって）きょうあたしの運命が決まるんだわ。

トロフィーモフ （ワーリャをからかって）マダム・ロパーヒン！

ワーリャ （むっとして）なによ、万年大学生！　二度も大学を追い出されたくせに。

ラネフスカヤ どうしたの、ワーリャ、そんなにプリプリして？　あの人がロパーヒン夫人とからかったって、どうってことないじゃない？　その気があるなら、ロパーヒンと結婚なさい。あれはいい人よ、おもしろい人よ。でも、その気がないなら、結婚しなくてもいいわ。無理にあなたを結婚させようなんて、だれも思ってませんから。

ワーリャ お母さま、はっきり言いますが、私真剣に考えてます。あの人はいい人ですし、きらいじゃありません。

ラネフスカヤ じゃあ、結婚なさいな。何を待っているんだか、わからないわ。

ワーリャ お母さま、まさか私から結婚してって言いだせるわけないでしょう。もう二年も私のまわりではあの人のことをとやかく言ってるんだけど、あの人ときたら、黙っているかはぐらかすだけ。わかるの、私。あの人、どんどんお金持ちになっていって、仕事で手一杯で、私どころじゃないの。もし私に少しでもお金があれば、そう、一〇〇ルーブルもあれば、何もかも放り出して、遠くに行きます。修道院にでも身を引きます。

トロフィーモフ うっとりするねえ。

ワーリャ （トロフィーモフに）大学生ならもう少しましな口がきけないものかしら！（言葉をやわらげ、目に涙をうかべながら）昔の面影もだいなしね、ペーチャ。すっかり老けて！（ラネフスカヤに、もう涙声ではなく）ただ、お母さま、私何かすることがないとダメなの。仕事がないといたたまれないの。

ヤーシャ、登場。

ヤーシャ （かろうじて笑いをかみ殺して）エピホードフのやつ、ビリヤードのキューを折りました！……（退場）

ワーリャ なんでここにエピホードフがいるのよ？　ビリヤードをやっていいなんて、だれが言ったの？　ほんと、わけのわからない人ばっかり……。（退場）

ラネフスカヤ　あの子をからかったりしちゃダメじゃない、ペーチャ。わかるでしょう、それでなくても、あの子、かわいそうなの。

トロフィーモフ　仕事に熱心なのはいいけれど、他人のことにまで首を突っ込まないでもらいたいなあ。夏じゅう、ワーリャのせいでぼくもアーニャもおちおち話もできなかった。ぼくらが恋に落ちないかと、気が気じゃないんだ。ほっといてもらいたいな。第一、ぼくはそんな素振りを見せたことはないし、そんな低俗な人間じゃないんですから。ぼくたちは恋愛を超越してるんです。

ラネフスカヤ　さしずめ、この私なんかその低俗な部類なんでしょうよ。（ひどく気をもむようすで）それにしても、兄さんおそいわねえ。屋敷が売れたかどうかぐらい、知らせてくれてもいいじゃない。私、この不幸があまりに信じがたくて、何をどう考えたらいいのか、わからなくて、ぼうっとしてるの……。今にも大声で叫びだすか……バカなまねをしでかしそうなの。お願い、助けて、ペーチャ。何か言って、何でもいいから……。

トロフィーモフ　きょう屋敷が売れたかどうかなんて、どうでもいいんじゃないですか？　とっくにそんな問題には片が付いていて、後戻りはできないんです、帰るあてはないんです。まあ、そんなにやきもきしないで。いつまでも自分をだますことはできません。せめて人生に一度、現実を直視することです。

ラネフスカヤ　現実って何よ？　あなたは何が現実で何が現実でないか見えているようだけど、私、目がわるくって何も見えないの。あなたはどんなむつかしい問題も一刀両断ですむでしょうけれど、それはあなたが若くて、まだ何ひとつ大きな問題に悩み抜いたことがないからじゃなくって？　あなた、大胆に未来を見つめているけれど、それは何も見えなくて、こわいもの知らずのせいじゃないの？　あなたの若い目にはまだ人生が見えていないんじゃないの？　あなたは私たちより大胆で誠実で、深遠なのかもしれないけれど、よーく考えてみて、ほんの少しでいいから心を広く持って、あたしのことを思いやってくれないかしら。そうでしょう、私はここで生まれて、父や母やお祖父さまもここで暮らしてきたの、だから私はこの家が好きだし、桜の園のない生活なんて考えられないの。もしここをどうしても売り払うというのなら、この私も一緒に売り払ってちょうだい……。（やさしくトロフィーモフを抱いて、その額にキスする）ここで息子のグリーシャがおぼれて死んだの……。（さめざめと泣く）どうか、私のことを憐れと思って、あなたはやさしい、いい人なんだから。

トロフィーモフ　ぼくが心底同情していることは、ご存じのはずです。

ラネフスカヤ　そんな言い方じゃないの、もっと別の言い方があるはずよ……。（ハンカチを取り出すと、電報が床に落ちる）きょうは、私、気がふさいで仕方ないの、あなたには想像もつかないでしょうけれど。ここは騒々しくて、物音ひとつにドキッとして、体のふるえがとまらないの。かといって、部屋にこもっていることもできないの、静かなところにひとりでいるのがこわいの。私を責めないで、ねえペーチャ……。あなたのことは身内同然に好きよ。あなたになら、アーニャだってよろこんでお嫁にやるわ。本当よ。でも、いいこと、大学だけは出なさい、途中で放り出しちゃダメ。あなたは何をするでもなく、運命にもてあそばれてあっちにふらふら、こっちにふらふら。それってとっても変だわ……。そうじゃなくって？　そうでしょ？　それに、その顎鬚《あごひげ》もなんとかしたら、生やすんならちゃんと生やしたら……。（笑い出す）コッケイよ！

トロフィーモフ　（電報を拾い上げて）ぼくは美男子になりたいとは思いません。

ラネフスカヤ　それ、パリからの電報なの。毎日送ってくるの。きのうもきょうも。

あのやくざな男がまた病気になって、具合がわるいの……。あの人、許しを乞うて、戻ってきてくれと言っていて、本当なら、私、パリに行って、あの人のそばにいてあげなくちゃいけないの。ペーチャ、そんなこわい顔しないで、ねえ、どうすればいいの、私に何ができて？　あの人は病気で、ひとりぼっちで、かわいそうなの。誰があの人の面倒を見てやるの、誰があの人に道を踏み外さないようにしてやれるの、誰がきまった時間にお薬を飲ませてやるの？　何もかくすことはないわ、私、あの人が好きです、隠し立てはしないわ。好きなの、大好きなの……。これは私の首に吊された重石《おもし》なの。私は重石もろとも地獄に真っ逆《まっさか》さまに堕《お》ちていくんだけれど、私、この石が好きなの、それなしでは生きて行けないの。（トロフィーモフの手をにぎりしめる）ひどい女だと思わないで、ペーチャ。何も言わなくていいわ、黙ってて……。

トロフィーモフ　（涙声になって）失礼、はっきり言わせてもらいます、あの男はあなたをしぼりつくした悪党だ！

ラネフスカヤ　だめ、だめ、そんなふうに言わないで……。（両の耳をふさぐ）

トロフィーモフ　あの男はろくでなしだ。あなたひとりがそれをわかっていないんだ！　あれはどうしようもないろくでなし、人間のクズだ。

ラネフスカヤ　（かっとなるが、それをおさえて）あなた二十六だか七だか知らないけれど、中学二年生とおんなじよ！

トロフィーモフ　勝手にお言いなさい。

ラネフスカヤ　大人になりなさい、あなたの年齢になったら、恋する人の気持ちがわからなくては。それに自分から人を好きになって……夢中にならなくちゃ。（腹立たしそうに）そうよ、そうよ！　あなたが純情でなんかあるものですか、純情ぶっているだけ、コッケイな変人、ただの変わり者よ……。

トロフィーモフ　（動転して）この人、何言いだすんだ！

ラネフスカヤ　「ぼくは恋愛を超越してる」ですって！　超越なんかしているものですか、フィールスが言う、ただの役立たずよ。その年で好きな人ひとりもいないくせして！

トロフィーモフ　（動転して）ひどい、あんまりだ！　この人、何を言いだすんだ!?（両手で頭をかかえ、足早に大広間に向かう）あんまりだ……。もうがまんならない、ぼくは出ていく……。（出ていきかけるが、すぐさま取って返して）もうあなたとは

絶交だ！（控えの間に退場）

ラネフスカヤ（あとを追うように声をかける）ペーチャ、待って、てば！　こまった人ねえ、冗談よ、冗談！　ペーチャ！

誰かが控えの間の階段を駆け上がっていくのが聞こえるが、突然大音声とともに転げ落ちる。アーニャとワーリャは悲鳴をあげるが、すぐさま笑いにかわる。

どうしたの？

アーニャが駆け込んでくる。

アーニャ（笑いながら）ペーチャが階段から落ちたの！（走り去る）

ラネフスカヤ　こまった人ね、ペーチャったら……。

駅長が大広間の中央に立って、アレクセイ・トルストイの詩『罪深き女[25]』を朗読する。みんなが耳を傾けるが、数行と読まないうちに、控えの間からワルツが聞こえてきて、朗読は中断される。一同、ダンスに興じている。控えの間から出てきたトロフィーモフ、アーニャ、ワーリャ、ラネフスカヤたちが客間をぬけて行く。

いらっしゃいよ、ペーチャ……ほんとウブなんだから……ごめんなさいって言ってるでしょ……。さあ、踊りましょうよ……。（ペーチャと踊る）

25 アレクセイ・コンスタンチーノヴィチ・トルストイ（一八一七～一八七五）の『罪深き女』（一八五八年）は淪落《りんらく》の女の更生を語った叙事詩。舞台は紀元二〇年代末から三〇年代初頭にかけてポンティウス・ピラトが執政官を務めていたユダヤの地。淪落の女は、彼女の美しさと魅力にかなう者はいないとうそぶいているが、そこにあらわれたキリストの神々しさにひれ伏すという内容。原詩の冒頭は次のとおり。

「群れなす人　たのしげな人声　さんざめく笑い／リュートの音　打ち鳴らされるシンバル／あたりは　一面緑の草木に咲きほこる花々／正面玄関の柱のあいだには／豪勢な組み紐に吊されたた／重々しい金襴緞子が波を打つ／館のしつらえは豪華絢爛／至る所に照り映える　クリスタルや金の食器／中庭は御者と馬であふれ／壮大な宴に押し寄せる人の波／騒々しいコーラスが客を呼び招く／楽の音にまぎれて／飛び交う四方山話」

アーニャとワーリャが踊っている。
フィールスが登場し、杖をわきのドア口に立てかける。ヤーシャも客間から入ってきて、ダンスをながめる。

ヤーシャ　どうした、じいさん？
フィールス　加減がすぐれんでな。せんには、この家の舞踏会といや、将軍やら男爵やら大将などのお歴々がそろったものだが、今じゃ郵便局の小役人だとか駅長風情を呼びに走るありさまだ。ところが、そういう連中だって来たがらん。なんだか、わしもすっかり体が弱くなってしもうてな。亡くなった先代の大旦那さまは、だれの病気を治すにも封蠟《ふうろう》をお使いになって、それが万病の予防にもなった。わしも封蠟を毎日飲んでおって、もうかれこれ二十年になる。いや、もっとかもしれん。わしがこうして無病息災でいられるのも、それのおかげだ。
ヤーシャ　そんな話はうんざりだぜ、じいさん。（あくびをする）とっととくたばっちまうがいいや。
フィールス　何をぬかす、この役立たずめが！（ぶつぶつつぶやく）

トロフィーモフとラネフスカヤのダンスは大広間からやがて客間に移る。

ラネフスカヤ　メルシー。ちょっと休ませて……。（腰を下ろす）

アーニャ、登場。

アーニャ　（心配そうに）いま台所でだれかが言ってたけれど、桜の園はきょう売れたんですって。

ラネフスカヤ　売れたって、だれに？

アーニャ　それは言ってなかった。そのまま帰っていっちゃったの。（トロフィーモフと踊りながら、ふたりは大広間に去って行く）

ヤーシャ　そう言えば、どこぞのじいさんがそんなことをほざいてました。よそ者です。

フィールス　旦那さまの姿が見えんな、まだお戻りにならんのだな。お召しになったのは軽い合いのコートだ、あれじゃ気をつけないと、風邪をおひきになるかもしれん。やれやれ、世間知らずには手が焼ける。

ラネフスカヤ　私、息が止まりそう。ヤーシャ、行って、だれが買ったのか、聞いてきて。

ヤーシャ　そのじいさんのことなら、もうとっくに帰っちまいました。（声をたてて笑う）

ラネフスカヤ　（いささか恨みがましく）何を笑ってるの？　何がそんなにうれしいの⁉

ヤーシャ　エピホードフのやつがコッケイで。ちんけな男ですよ。あの、二十二の不仕合わせ。

ラネフスカヤ　フィールス、このお屋敷が売られたら、お前どこに行くの？

フィールス　仰せのままに、どこへでも。

ラネフスカヤ　お前、どうしたの、その顔？　具合がわるいの？　もう休んでいいわ……。

フィールス　さようですか……。（うすら笑いをうかべて）下がって休んでもようございますが、私がいなくて、ここでだれが給仕いたします、だれが取り仕切ります？　この家の面倒をみてきたのは、ぜんぶ私ですから。

ヤーシャ　（ラネフスカヤに）奥さま！　おそれいりますが、ひとつお願いがございます。もしまたパリにいらっしゃるのでしたら、この私をお連れください。たってのお願いです。ここに残るなんて、到底私には無理です。（あたりをうかがって、小声で）申し上げるまでもございませんが、奥さまもごらんのとおり、この国ときたら教養はないし、人品はいやしいし、つまらないし、賄《まかな》い料理はデタラメだし、それにここではあのフィールスのやつがうろつき回って、なにやらわけのわからんことをぶつくさぶつくさ。どうか私をお連れください、たってのお願いです。

ピーシチク、登場。

ピーシチク　どうか、うるわしの奥さま……ひとつワルツのお相手を……。（ラネフスカヤ、ピーシチクと連れだってダンスに行く）魅力的な方だ、それはそうと一八〇ルーブルは、貸していただきますよ……なんとしても……。（踊りながら）ええ、一八〇ルーブル……。

二人は大広間に移っていく。

ヤーシャ　（小声で鼻歌を歌う）「君よ知るや、わが心の痛み……」[26]

大広間ではシルクハットに格子縞のズボンの人影が両手を振りまわし、小躍りしている。「ブラボー、シャルロッタ」という歓声。

ドゥニャーシャ　（化粧を直すために立ち止まって）お嬢さんが踊ってらっしゃいとおっしゃるの——殿方が多くって、ご婦人が少ないからって。でもね、フィールスさん、あたし踊ると目がまわるし、心臓がドキドキするの、それについさっきなんか、郵便局のお役人がおっしゃる言葉には、もうびっくり、息が止まるかと思ったわ。

音楽が止む。

フィールス　なんとおっしゃった？

ドゥニャーシャ　君は花のようだね、ですって。

ヤーシャ　（あくびをする）やだね、野蛮人は……。（退場）

ドゥニャーシャ　花のようだね、って……。あたし、とってもデリケートでしょ、だから弱いのよ、甘いことばに。

フィールス 今にてんてこ舞いするぞ、お前も。

エピホードフ、登場。

エピホードフ ドゥニャーシャさん、あなた、私を見るのもいやそうですね……まるで、虫けらでも見るようだ。（ため息をつく）ああ、つらいっ！

ドゥニャーシャ なんのご用？

エピホードフ たしかに、あなたのおっしゃるとおりかもしれません。（ため息をつく）とはいえ、もちろん、ある観点からすれば、こう言っちゃなんですが、ずばり言わせていただきますと、あなたは私をある精神状態に追い込んでしまわれました。私はわが運命の女神フォルトゥーナのことなら先刻承知で、日ごとわが身が不幸に見舞われようと、それにはとっくに慣れっこで、いまではわが運命を微笑みとともにながめていられます。あなたは私に約束してくださいましたが、と

26 一八八〇年代に流行したルジェフスカヤのロマンス（一八六九年）の冒頭。

はいえ、私にしてみれば……。

ドゥニャーシャ　お願いですから、お話はのちほど。いまはあたしをそっとしておいて。あたしいま夢みごこちなの。（扇であおぐ）

エピホードフ　私には毎日不幸がたえませんで、いまや私は、こう言っちゃなんですが、いつもにこにこ、ときにはハッハッハッと声を立てて笑ってすごしております。

大広間からワーリャが出てくる。

ワーリャ　エピホードフ、あんたまだ帰らなかったの？　ほんと、うざったいわね。（ドゥニャーシャに）向こうにいらっしゃい、ドゥニャーシャ。（エピホードフに）ビリヤードをやるかと思えば、キューは折る、客間をまるでお客さんみたいにほっつきまわる。

エピホードフ　こう申してはなんですが、あなたから、そのようなおとがめを頂戴するいわれは、さらさらございません。

ワーリャ　おとがめじゃありません、ただ言ってるだけ。やることと言えば、ぶらぶらうろつきまわるだけで、仕事もしない。管理人として置いているのに、なんのために雇っているんだか、さっぱりわからない。

エピホードフ　(ムッとして) 仕事をしようが歩きまわろうが、食事をしようがビリヤードをやろうが、それをうんぬんできるのは、物のわかった目上の方だけです。

ワーリャ　よくもまあ、そんな口を私にきけるわね！　(かっとなって) よくも言えるわね？　私が何もわかってないと言いたいわけ？　ここからとっとと出ていってちょうだい！　いますぐ！

エピホードフ　(怖じ気づいて) まあ、まあ、もっとおだやかに。

ワーリャ　(われを忘れて) いますぐ、ここから出ていって！　いますぐ！

エピホードフはドアに向かい、そのあとをワーリャが追いかける。

二十二の不仕合わせ！　二度と足を踏み入れるんじゃないわよ！　金輪際あんたの顔なんか見たかないからね！

エピホードフが出ていき、ドアかげから「訴えてやる」という彼の声。

ようし、まだ戻ってくる気ね？　(ドア口にフィールスが立てかけた杖をつかむ) 来るなら……来なさいよ……目にもの見せてやる……。戻ってくるのね？　来る気ね？　さあ、こうしてやる……。（杖を振りあげる）

折あしくロパーヒンが登場。

ロパーヒン　これはどうも、痛み入ります。
ワーリャ　（プリプリしながらも、笑いだしそうになって）ごめんなさい！
ロパーヒン　なんでもありません。結構なおもてなし恐れ入ります。
ワーリャ　そんな、お礼なんて。（あとずさりして、しげしげとながめまわして、やさしい口調でたずねる）お怪我はなくって？
ロパーヒン　いえ、なんでもありません。ただ、おおきなたんこぶが。

大広間で「ロパーヒンが帰ってきたぞ！　ロパーヒンさんだ！」というどよめき。

ピーシチク　いやはや、待ちかねたぞ……。（ロパーヒンとキスをかわす）おや、君、コニャックの匂いがするぞ、結構、結構。われわれも愉しんどるよ。

ラネフスカヤ、登場。

ラネフスカヤ　あら、ロパーヒンさんなの？　こんなにおそくなって、どうなさったの？　兄さんはどこ？

ロパーヒン　お兄さまも一緒にお帰りです、いまお見えになります……。

ラネフスカヤ　（気がかりなようすで）で、どうだったの？　競売はあったの？　さあ、話して聞かせて！

ロパーヒン　（困惑のていで、自分のうれしさを悟られないようにしながら）競売は四時近くに終わりましたが……。私ども汽車に乗り遅れてしまい、九時半まで待ちぼうけをくらいました。（大きくため息をついて）フーッ！　私、少々頭がくらくらして……。

ガーエフ、登場。右手に買い物包みを持ち、左手で涙をぬぐう。

ラネフスカヤ　兄さん、どうだったの？　ねえ、どうなったの？　（もどかしげに、涙をうかべて）さっ、早く、お願い！

ガーエフ　（彼女にはなにもこたえず、お手上げだとばかり手を振りおろす。フィールスに涙声で）土産だ……。アンチョビとケルチ産[27]のニシンだ……。今日はまだなにも口にしてなくってな……。往生したよ、きょうは。

ビリヤードの置いてある部屋に通じるドアが開いたままで、そこから玉のはじける音や、「七と一八」というヤーシャの声が聞こえる。ガーエフは表情を変え、もう涙顔ではない。

えらく疲れた。フィールス、着替えさせてくれ。（大広間をぬけて自室に向かう。あとからフィールスがついていく）

ピーシチク　競売の首尾はどうだったんだ？　さあ、話して聞かせてくれたまえ。

ラネフスカヤ　桜の園は売られたの？

ロパーヒン　売れました。

ラネフスカヤ　で、だれが買ったの？

ロパーヒン　私が買いました。

間。

ラネフスカヤはうちひしがれる。肘掛け椅子のそばに立っていなければ、倒れ込んでいたところ。ワーリャはベルトから鍵束を取り外すと、客間の中央の床に投げつけて、その場を立ち去る。

私が買ったんです！　ちょっと待ってください、みなさん、すみません、なんだか頭がぼーっとして、話すこともできなくて……。（声を立てて笑う）われわれが競売の会場に着くと、そこにはもうデリガーノフも来ていました。お兄さまの手持ちはたったの一万五〇〇〇、なのにデリガーノフは抵当の上に、いきなり三万と入札額をふっかけてきた。こうなったら、売り言葉に買い言葉、私も四万と値を引き上げてやった。すると、やつは四万五〇〇〇とくる。で、私は、五万五〇〇〇と切ってかえす。要するに、相手は五〇〇〇ずつ値を上げてくるのに、私は

27　ケルチはクリミア半島東端に位置する都市。アゾフ海と黒海をむすぶケルチ海峡に面した港町。ケルチ産ニシンは身が柔らかく、脂がのっていて、古くから美味であることで知られる。

一万ずつ上げていった……。で、とどのつまりが、抵当額に九万を上積みして、私の手に落ちました。いまや桜の園は、私のものです！　私のものだ！　（大声で笑い立てる）いやはや、なんてことだ、桜の園は私のものなんだ！　言いたけりゃ、私は酔っていると言うがいい。頭がおかしくなった、すべては夢まぼろしだと言うがいい……。（足を踏み鳴らして）この私が笑いものにされてたまるか！　うちの親父やじいさんが草葉のかげから起きあがって、この事態をとくと目にしたならなあ。あのエルモライが、いつも殴られていた、あのエルモライが、冬場も裸足《はだし》で駆けまわっていた、学問もない、あのエルモライが、この世にふたつとない美しい領地を買ったと知ったら。じいさんや親父がそこの農奴で、台所にすら通してもらえなかった領地を私が買ったんだ。お前は寝ぼけてるんだって、こんなことはお前の妄想にすぎない、そう思い込んでいるだけだって……。それこそ、あなた方の勝手な思い込み、知らぬ存ぜぬの闇に包まれた想像の産物にすぎない……。（鍵束を拾い上げると、薄ら笑いを浮かべる）鍵を放り出したところを見ると、今やこの家《や》の主人《あるじ》じゃないと見せつけたいんだな……。（鍵をガチャガチャ鳴らして）えーい、どうにでもなれ。

楽師たちが音合わせをしている様子が聞こえる。

おい、楽師たち、音楽をやれ、おれが聞いてやる！　さあ、みんなやって来て、とくとごろうじろ、エルモライ・ロパーヒンがこの桜の園に斧《おの》をふるうさまを、木という木が大地に倒れ伏していくそのさまを！　私たちは別荘を建て、孫やひ孫たちはここに新しい生活を目にするんだ……。やれ、音楽を！

音楽がはじまる、ラネフスカヤは椅子にへたり込み、はげしく泣きじゃくる。

（なじるように）どうして、なんだって私の話を聞いてくださらなかったのです？かわいそうな奥さま、大切な大切な奥さま、もう取り返しはつかないんですよ。（涙をうかべて）ああ、こんなこと、一刻も早く過ぎ去ってほしい、こんならちもない、よろこびのない生活なんてとっとと変わってしまえばいいんだ。

ピーシチク　（ロパーヒンの腕を取って、声をひそめて）泣いてらっしゃるんだ。広間に行こう、ひとりにさせてあげよう……。さあ、行こう……。（腕を組んで、大広間に連れ出す）

ロパーヒン いったいどうした？　音楽だ、もっと大きい音でやれ！　なんでもいいぞ、おれさまのご所望《しょもう》だ！　（皮肉をこめて）新しいご主人のお通りだ、桜の園のご主人さまのお通りだ！　（うっかりテーブルにぶつかって、あやうく燭台を倒しそうになる）なんのこれしき、おれが弁償してやる！　（ピーシチクと連れだって退場）

大広間と客間には人影はなく、ただラネフスカヤだけがすわって、身をこごめてはげしく泣いている。かすかに音楽の音。足早にアーニャとトロフィーモフが登場。アーニャは母親に歩み寄り、その前にひざまずく。トロフィーモフは広間の入口に立ちどまったまま。

アーニャ ママ！……泣いていらっしゃるのね、ママ？　ねえ、やさしい、やさしいママ、あたし、ママのことが好きよ……あたし、ママにとっても感謝しているの。桜の園は売られてしまって、もうないの。そう、たしかにそう、これが事実、でも泣かないで、ママ。ママにはまだこれからの人生があるわ、ママのうつくしい、純真なこころはもとのまま……。行きましょう、あたしと一緒に出ていきましょう、ねえ、ママ、ここから出ていきましょう！……そして私たちで新しい庭を作りましょうね、いまよりもっともっと豊かな庭をつくりましょうね。それを目にして、ママははっと気づくの、おだやかで深いよろこびが、たそがれ時の太陽のように、ママのこころを満たしてゆくの。そうしてママはうっとりほほえむの！
さあ、行きましょう、ママ！　行きましょう！……

幕

第四幕

第一幕とおなじ装置。窓のカーテンも壁に掛かる絵もなく、わずかに残る家具は、まるで売り物のように、部屋の隅に片づけられている。寂寞《せきばく》とした雰囲気。出口の扉や舞台の奥に旅行トランクや旅支度の包みが置かれている。開け放した左手の扉から、ワーリャとアーニャの声が聞こえる。ロパーヒンはたたずんで、人待ち顔のようす。ヤーシャはシャンパンの注がれたグラスをのせた盆を持っている。控えの間でエピホードフが長持ちに紐をゆわえている。奥まった舞台裏からどよめき。百姓たちがお別れにやってきているのである。「ありがとう、かたじけない、どうもありがとう」というガーエフの声。

ヤーシャ　しもじもの連中が最後のお別れに来てるんです。ロパーヒンさん、私、つねづね思うんですが、百姓たちは根は純朴ですが、道理ってものをわきまえませんな。

どよめきがしずまる。控えの間をとおってラネフスカヤとガーエフが登場。ラネフスカヤは泣いてはいないが、青ざめた顔がこきざみにふるえていて、話すこともままならない。

ガーエフ リューバ、お前また連中に財布ごとくれてやったりして。それじゃいけないよ！ そういうことじゃいけない！

ラネフスカヤ 仕方ないのよ。どうしようもないんだもの。

ふたりして退場。

ロパーヒン （ふたりの背後から、戸口にむかって）どうぞ、おひとつ！ お別れに一杯どうぞ。町で買ってくりゃよかったのですが、気がまわりませんで、駅でようやく一本見つけてきました。どうぞ！

間。

みなさん、どうぞ！　そんな気になれない？（戸口を後にして）そうとわかっていりゃ、買うんじゃなかった。それじゃ、私も飲むのはよそう。

ヤーシャ、おそるおそる盆をテーブルに置く。

飲めよ、ヤーシャ、せめてお前だけでも。

ヤーシャ　では道中の無事をお祈りして！　ここに残るみなさんもお達者で！（飲みほす）けっ、このシャンパン、本物じゃありませんぜ、いや、ほんと。

ロパーヒン　一本、八ルーブルもしたんだぞ。

間。

やけに冷えるな、ここは。

ヤーシャ　きょうは火を入れておりませんから、どうせこれから出て行くんです。（笑いだす）

ロパーヒン　どうした?
ヤーシャ　うれしくって。
ロパーヒン　外は十月だというのに、日差しがあっておだやかで、まるで夏みたいだ。家の普請にはもってこいだ。（時計をのぞいて、戸口にむかって）みなさん、くれぐれもお忘れなく、汽車の出発まであと四十六分です。つまり二十分後には駅に出発します。少々お急ぎを。

トロフィーモフがコート姿で庭から入ってくる。

トロフィーモフ　そろそろ出かける時間だろうな。馬の支度もできてるし。弱ったな、ぼくのオーバーシューズがない。見つからない。（戸口にむかって）アーニャ、ぼくのオーバーシューズがないんだ！　見つからないんだよ！
ロパーヒン　これから私はハリコフに出かけるよ。君たちと同じ汽車でね。ハリコフでひと冬すごすつもりだ。私ときたらこの間、君たちと一緒にぶらぶらするだけで、仕事もできず、むずむずしていた。仕事なしじゃいられない性質《たち》でね、この二本の手のやり場にこまってね。なんだか妙にぶらぶら、ぶら下がっているだけで、まるで他人の手みたいだ。

トロフィーモフ　ぼくらが出ていってしまえば、君はまた君の言う有益な仕事に取りかかるさ。

ロパーヒン　どう、一杯？

トロフィーモフ　いや、結構。

ロパーヒン　つまり、今度はモスクワってわけか？

トロフィーモフ　そう、みなさんを町に送り届けたら、明日はモスクワだ。

ロパーヒン　なるほど……。で、どうなんだ、この間大学の教授たちは講義もしないで、ずっと君の帰りを待ってるわけかい？

トロフィーモフ　君の知ったことじゃないさ。

ロパーヒン　何年になるのかね、大学に通って？

トロフィーモフ　ちっとは気の利いた話ができないのかね。もう聞きあきた、つまらん話をねちねちと。（オーバーシューズをさがす）今後おそらくぼくらは会うこともないだろうから、お別れにひとつ忠告させてもらおう。君は、その両手を振りまわすまねをやめるべきだ！　やめたほうがいいな、手をブンブン振りまわすのは。それに、別荘を建てたり、その別荘族からやがて立派な地主が育つだろうと考えるのも、そう考えることじたいが両手を振りまわすことだ……。それはそうと、やっぱりぼくは君のことが憎めない。君は繊細でやさしい指をしている。まるで役者みたいだ。君は繊細でやさしい心の持ち主だ……。

ロパーヒン （トロフィーモフを抱きしめる）じゃあ、さようなら。なにかと世話になったね。なんなら、少し用立てようか、道中物入りだろう。

トロフィーモフ なんのために？ ぼくには必要ない。

ロパーヒン だって、文無しじゃないか！

トロフィーモフ あるさ。ありがとう。翻訳で金が入ったんだ。ここにある、このポケットに入ってる。（心配げに）それにしても、どこに行ったんだろう、オーバーシューズ！

ワーリャ （隣の部屋から）これでしょう、あなたのきたない靴って！ （ゴム長のオーバーシューズを舞台に放り出す）

トロフィーモフ なに怒ってるんだよ、ワーリャ？ うむ……。これはぼくのじゃない。

ロパーヒン ぼくはね、この春一〇〇〇ヘクタールの土地にケシの種をまいたんだ、それでまるまる四万ルーブルもうけた。ケシの花が咲くとね、それは壮観だった！　というわけで、四万稼いで、君にも貸せるんだ。なんだってそう強情はるんだい？　ぼくは根が百姓だから……ざっくばらんなんだ。

トロフィーモフ　君の親父が百姓で、ぼくの親父が薬剤師だろうが、そんなことはなんの意味もない。

ロパーヒン、札入れを取り出す。

よせよ、よせったら……。二〇万の金をつまれたって、ぼくは受け取らない。ぼくは自由な人間なんだ。君たちみんなが、金持ちも貧乏人も、こぞってあがめたてまつり、後生大事に思っているものなんか、ぼくにはこれっぱかしの権威もない。空中にただよう綿毛みたいなものさ。ぼくは君なしでやっていける、君を素通りしてやっていける。ぼくには力があるし、誇りもある。人類は崇高な真実に向かって、この地上で実現しうる気高い幸福に向かって前進していて、ぼくはその先頭を切っているんだ！

ロパーヒン　行き着けるかね？

トロフィーモフ　行き着いてみせるさ。

間。

行き着いてみせる、さもなければその道筋を人々に示して見せるさ。

遠くで木を倒す斧の音が聞こえる。

ロパーヒン　じゃあ、お別れだ。もう出かけなくっちゃ。ふたりとも意地をはりあっているが、生活はおかまいなしに過ぎていく。私は根《こん》をつめて、がむしゃらに働いてるが、そのほうが気が晴れるんだ、なんのために生きているのか、その意味がわかるような気がする。それにしてもこのロシアには、なんのために生きているのかわからずにいる人間がどれだけいることだろう。まあ、どうでもいいことだけどね、物事の循環《サーキュレーション》の本質はそこにあるわけじゃない。ガーエフさんは職をえられたそうだ、銀行勤めに出て、年収六〇〇〇ルーブルという話だ……。まあ勤まらないだろうがね、ああもものぐさではねえ……。

アーニャ　（戸口にあらわれて）ママがお願いですって、この家を出るまでは、庭の木を切らないでって。

トロフィーモフ　ほんとそうだ、気配りがないよ……。（控えの間をぬけて退場）

ロパーヒン　はい、ただいま……。連中ときたら、まったく。（トロフィーモフのあとについて退場）

アーニャ　フィールスは病院に送ったの？

ヤーシャ　私が今朝がた、そう申しつけておきました。送ったはずです。

アーニャ　（広間を通りぬけようとするエピホードフに）エピホードフさん、フィールスを病院に送ったかどうか、たしかめてきてちょうだい。

ヤーシャ　（むっとして）今朝がた私がエゴールにそう申しつけておきました。なんで、そう何度もたしかめる必要があるんです！

エピホードフ　あのフィールスはもう長生きしましたから、私の最終的な見立てでは、もはや修理不能、ご先祖さまのところに召されるのが必定でしょうな。私に言わせりゃ、うらやましい限りで。（帽子箱の上にトランクをのせて、箱をつぶす）そりゃ、こうなるわ。思ったとおり。（退場）

ヤーシャ　（小馬鹿にして）ふん、二十二の不仕合わせ……。

ワーリャ　（扉のかげから）フィールスは病院に送ったの？

アーニャ　送ったって。

ワーリャ　どうして医者《せんせい》宛の手紙が残ったままなのかしら？

アーニャ　あとから追っつけ送らなくっちゃ……。（退場）

ワーリャ　（隣室から）ヤーシャはどこ？　伝えて、お別れを言いにおかあさんが来てるって。

ヤーシャ　（手を振りおろして）ほんと、頭にくんな。

ドゥニャーシャは荷物を前にかいがいしく立ち働いているが、ヤーシャがひとりになるのを見計らって歩み寄る。

ドゥニャーシャ　一度くらいあたしを見てくれてもいいじゃない、ヤーシャ。行ってしまうのね……あたしを残して。（泣きはらした目をしてヤーシャの首にだきつく）

ヤーシャ　なんだよ、泣いたりして？（シャンパンを飲む）六日後にはまたパリだ。あした急行に乗りこんで、汽車が動き出せば、はい、さよならよ。なんだか信じられないな。フランス万歳《ヴィヴ・ラ・フランス》！　ここはなじめなくってね、生きてけやしない……

仕方ないやね。まわりは無知蒙昧な連中ばかりで、もううんざりだ。（シャンパンを飲む）なにを泣くことがある？　堅気の生活を送ることだよ、そうすりゃ泣かずにすむ。

ドゥニャーシャ　（手鏡を見ながら、白粉をはたく）パリに行ったらお手紙ちょうだいね。だって、あたしあなたが好きだったの。ヤーシャ、とっても好きだったの！　か弱いのよ、あたし、ねえ、ヤーシャ！

ヤーシャ　人が来るぜ。（トランクの世話をやきながら、小声で口ずさむ）

ラネフスカヤにガーエフ、アーニャ、シャルロッタ、登場。

ガーエフ　そろそろ出かけないとな。もう時間がない。（ヤーシャに目をやって）ここでニシンの匂いをさせているのはどいつだ？

ラネフスカヤ　あと十分したら馬車に乗りましょう。（部屋を見まわして）さようなら、私の大好きだったお家《うち》、古くなったおじいさん。冬がすぎて春が来るころには、お前はもうこわされてないのね。この壁が生き証人！　（感極まって娘にキスをする）大切な大切なアーニャ、そんなに晴れ晴れとした顔をして、目なんか二つのダイアモンドみたいに、きらきらしてる。これでよかったのね？　思い残すことはないのね？

アーニャ　ぜんぜん！　新しい生活がはじまるのよ、ママ！

ガーエフ　（うきうきと）実際こうなってみると、万事まるくおさまるもんだ。庭が売却されるまでは、みんなはらはらのしどおしだったが、いざ、問題に片がついてみると、やれやれこれで一安心とせいせいしたくらいだ……。私は銀行勤めで、今やいっぱしの金融家ってわけさ……黄玉をサイド・ポケットへ、リューバ、お前だって、なんだか若やいで見えるよ、いや、本当。

ラネフスカヤ　そうね。めそめそすることはなくなったわ、たしかにそう。

帽子とコートを手渡される。

いまではよく眠れるわ。荷物を運んでちょうだい、ヤーシャ。時間よ。（アーニャに）ねえ、アーニャ、またすぐ会えるわよ……。私はパリに行って、そこで暮らすわ、おばあさまが領地を買い戻すために送ってくださったお金で。おばあさま、さまさまね！　あれっぽっちじゃ長くはもたないでしょうけれど。

アーニャ　ねえ、ママ、またすぐに戻っていらっしゃるんでしょ……そうよね？　あたし、これから勉強して、先生になる試験に受かったら、働いてママの片腕になるつもり。ねえ、ママ、ふたりでいろんな本を読みましょうね……。そうよね？（母親の両手にキスをして）本を読みながら秋の夜長をふたりで過ごしましょうね、うんと本を読みましょうね、そうするとあたしたちの前に、新しい、目にしたこともない世界が開けてくるんだわ……。（夢みるように）ママ、戻っていらしてね……。

ラネフスカヤ　帰ってきますとも、大切な大切なアーニャ。（アーニャを抱きしめる）

ロパーヒン、登場。シャルロッタが小声で歌を口ずさむ。

ガーエフ　シャルロッタは、ごきげんだな。歌なんか歌って！

シャルロッタ　（産着《うぶぎ》にくるまった赤ん坊を思わせる包みを取り上げて）いい子、いい子、バイバイ……。

「おぎゃー、おぎゃー」という赤ん坊の泣き声。

さあさ、いい子だから、おとなしくしてね、ああ、いい子ね。

「おぎゃー、おぎゃー」

まあ、かわいそうに！（包みを元の場所に放り出す）それはそうと、私にお仕事を見つけてくださらない。このままじゃ、やっていけないの。

ロパーヒン　見つけて差し上げますとも、シャルロッタさん、どうかご心配なく。

ガーエフ　みんなわれわれを見すてていくんだな。ワーリャも行ってしまうし……われわれは、いきなり用なしの人間になったってわけだ。

シャルロッタ　町には住むとこもないし。仕方がないから出ていくの……。（口ずさむ）どうせ、おんなじことよ……。

ピーシチク、登場。

ロパーヒン　変わり者の御大《おんたい》のお出ましだ！……

ピーシチク　（ぜいぜい息を切らしながら）やれやれ、まずはひと息つかせてください……苦しくって……。これはこれは、みなさん……。水を一杯くださらんか……。

ガーエフ　また金の無心じゃあるまいな？　ごめんこうむるよ、まっぴらだ……。

（退場）

ピーシチク　すっかりご無沙汰しました……奥さま……。（ロパーヒンに）や、君もいたのか……ごきげんよう……やり手のロパーヒン君……まあ、取ってくれ……受け取ってくれ……（ロパーヒンに金を握らせる）四〇〇ルーブルだ……。まだ私には八〇〇ある……。

ロパーヒン　（怪訝《けげん》そうに肩をすくめる）夢でも見ているのかな……。どうしたんです、こんな大金？

ピーシチク　そうせかさんで……。暑いなあ……。前代未聞の事件でしてな。うちにどこぞのイギリス人がやってきまして、うちの土地でなにやら白い粘土を見つけ出したんです……。（ラネフスカヤに）さあ、奥さまにも四〇〇ルーブル……いとうるわしき奥さま……。（金を渡す）残りはのちほど。（水を飲む）先刻、汽車のなかでどこぞの若い男が申しておりましたが……とある偉大な哲学の先生が屋根から飛び下りろと勧めているそうですな……。「飛び下りろ」と、たったそれだけ。（おどろいたようすで）これまたご冗談をってなもんですよ！　もう一杯水を！

ロパーヒン　そのイギリス人というのは何者です？

ピーシチク　連中に二十四年の年期で粘土質の土地を貸したんです……。いや、申し訳ないが、今は時間がない……。まだ回るところがありまして……。これからズノイコフとか……カルダモーノフのところを回るんです……。みんなに借金がありましてな……。（水を飲む）ではお元気で……。また木曜に伺います……。

ラネフスカヤ　私たちこれから町に移りますの、それで私はあすには外国に……。

ピーシチク　なんと？（そわそわと）どうして町に？　そう言や……家具に……トランク……。なに、だいじょうぶですよ……。（涙声になって）だいじょうぶ……。なかなかやり手ですよ……あのイギリスの連中は……。だいじょうぶ……。どうかお達者で……。神様がお助けくださいます……。だいじょうぶですとも……。この世にはよろず終わりありとか……。（ラネフスカヤの手にキスをする）もしみなさんに、この私がみまかったという噂がとどきましたら、どうかこのわたくしめを……この馬を思い出して、こう言ってやってください、「そう言や、そういうやつがいたな……シメオーノフ＝ピーシチクとかいう……ご愁傷さま」とね……。すばらしいお天気だ……。まったく……。（ひどく取り乱したていで退場

するが、すぐさま取って返して、戸口から）うちのダーシェニカから、くれぐれもよろしくと！（退場）

ラネフスカヤ　これで出かけられるわね。でも、たつのはいいのだけれど、心残りがふたつあるの。ひとつは、病気のフィールスのこと。（時計に目をやって）まだ五分はだいじょうぶね……。

アーニャ　ママ、フィールスのことならもう病院に連れていったわ。ヤーシャが、けさ送ったって。

ラネフスカヤ　もうひとつは、ワーリャのこと。あの子、朝早くから働きづめの生活だったでしょう。ところがいまは、仕事もなくて、まるで陸《おか》にあがった魚なの。やせて顔色もわるいし、かわいそうにあの子、めそめそ泣いてばかり……。

間。

おわかりでしょう、ロパーヒンさん。私、前からあの子をあなたに嫁がせることができればいいなと思っていたの。それに、あなたもまんざらでもないようすだし。（アーニャに耳打ちすると、アーニャがシャルロッタにめくばせして、ふたりは退場）あの子もあなたのことを思っているし、あなただって気に入ってるんでしょ。どうして、ほんと、どうしてふたりともそんな他人行儀なの。わからないわ！

ロパーヒン　正直に申し上げますと、私自身もわかりませんで。なんだか妙なぐあいにこんなふうになってしまって……。もし時間があれば、私はすぐにも……。一挙に片を付けて——それでけりということに。それにしても、奥さまがいなければ、プロポーズもできないような気がします。

ラネフスカヤ　まあ、よかった。一分もあればすむことよ。じゃあ、あの子をここに呼びますよ……。

ロパーヒン　ちょうどシャンパンもありますし。（グラスに目をやって）空だ、だれか飲んだな。

　　ヤーシャ、せき払いをする。

油断もすきもあったもんじゃない……。

ラネフスカヤ　（うきうきとして）ああ、よかった。それじゃ席を外しますね、私たち……。ヤーシャ、allez!《アレー》［いらっしゃい！］　あの子を呼んでくるわ……。（戸口

にむかって）ワーリャ、そっちはいいから、こっちにいらっしゃい……。いらっしゃいったら！（ヤーシャと退場）

ロパーヒン　（時計に目を走らせて）うむ……。

扉のむこうで忍び笑いやささやき声、やがてワーリャが登場。

ワーリャ　（しげしげと荷物をしらべる）変ねえ、どうして見つからないのかしら……。

ロパーヒン　何をおさがしです？

ワーリャ　自分で荷造りしたのに、思い出せなくて。

間。

ロパーヒン　これから、どうされるんですか、ワーリャさん？

ワーリャ　私ですか？　ラグーリンさんちで厄介になります……。あちらの家の面倒を見ることになりましたの……管理人とでもいうのかしら。

ロパーヒン　というと、ヤーシネヴォ村ですね？　ここから七〇キロはある。

間。

この屋敷での暮らしも終わって……。

ワーリャ　（荷物をしらべながら）どこに入れたのかしら……。ひょっとしたら、長持ちにしまったのかしら……。ええ、そうです、ここでの暮らしは終わって……もう二度とここへは……。

ロパーヒン　私はこれからハリコフにまいります……みなさんと同じ汽車で。仕事が山とありましてね。ここの屋敷にはエピホードフを残していきます……。雇ったんです、あの男を。

ワーリャ　ええ、そうですよね！

ロパーヒン　去年のいまごろは雪でした、ところがいまはおだやかで、日差しもある。ただ、こうも寒くては……。マイナス三度です。

ワーリャ　そうですか、気がつきませんでした。

間。

それにうちの寒暖計はこわれてるし……。

間。

庭から扉越しの声、「ロパーヒンさん！……」。

ロパーヒン　（まるで待ちかまえていたと言わんばかりに）はい、いますぐ！　（足早に退場）

ワーリャ、床にすわりこんで、衣服の入った包みに頭をのせて、さめざめと泣く。ドアがあいて、そーっとラネフスカヤが入ってくる。

ラネフスカヤ　どうだった？

間。

そろそろ出かけなくっちゃ。

ワーリャ　（もう泣きやんで、涙をぬぐう）ええ、時間ね、お母さま。うまくいけば、きょうのうちに、私、ラグーリンさんちに着けますわ、汽車にさえおくれなければ……。

ラネフスカヤ　（戸口にむかって）アーニャ、支度なさい！

アーニャ、ついでガーエフ、シャルロッタ、登場。ガーエフはフードのついた暖かい冬のコート姿。召使や御者が集まってくる。エピホードフがあれこれ荷物の世話を焼く。

さてと、これでたてるわね。

アーニャ　（うれしそうに）出発しましょう！

ガーエフ　みんな、いろいろありがとう！　この屋敷を永遠に去るにあたってひとことお礼を。こうして別れを前にすると、万感胸に迫り来るものがあり……。

アーニャ　（お願いだからといった調子で）伯父さん！

ワーリャ　伯父さま、もうたくさん！

ガーエフ　（しょげかえって）空クッションで黄玉をサイド・ポケットへ……。おとなしくしているよ……。

トロフィーモフ、ついでロパーヒン、登場。

トロフィーモフ　さてと、みなさん、出かけましょう！

ロパーヒン　エピホードフ、私のコートをたのむ！

ラネフスカヤ　あと一分ここにいさせて。私、これまで一度もこの家の壁や天井をじっくり見たことがなかったような気がする。いまもこうして見ていても、いくらたっても見飽きないし、とっても懐かしい気がするの……。

ガーエフ　思い出すよ、私が六歳だったときさ、五旬節[28]の日に、ここの窓かまちにすわって見ていると、親父が教会に出かけていったよ……。

ラネフスカヤ　忘れ物はないわね？

ロパーヒン　だいじょうぶでしょう。（コートをはおりながらエピホードフに）じゃあ、エピホードフ、留守のあいだしっかりたのむぞ。

エピホードフ　（しゃがれた声で）ご安心を、ロパーヒンさま。

ロパーヒン　どうした、その声は？

エピホードフ　さっき水を飲んだときに、なにか飲み込んだようで。

ヤーシャ　（さもさげすんだふうに）やだね、野蛮人は……。

ラネフスカヤ　出かけましょう——これからここにはだれもいなくなるのね……。

ロパーヒン　春までは。
ワーリャ　（包みから傘を引き出した拍子に、傘を振りかざしたような格好になる）
ロパーヒンがぎょっとしたしぐさをする。
ちがうの、ちがうの……そんなつもりじゃ。
トロフィーモフ　さあ、みなさん、馬車に乗って……。時間ですよ！　いまに汽車が着きます！
ワーリャ　ペーチャ、ここにあるじゃない、あなたのオーバーシューズ、トランクの横。（涙声で）何よこれ、きたないし、ボロボロじゃない……。
トロフィーモフ　（オーバーシューズをはきながら）さあ、出発だ！……
ガーエフ　（ひどく取り乱して、泣きそうになるのをこらえて）汽車かあ……停車場かあ……ひねってサイド・ポケットへ、白玉を空クッションでコーナーへ……。
ラネフスカヤ　行きましょう！

28　三位一体祭とも訳される。昇天祭から十日後、もしくは復活祭からの五十日目の祭日。

ロパーヒン　みなさんお揃いですね？　家にはだれもいませんね？（左手わきのドアに閂《かんぬき》をかける）ここには何かと物が置いてあるので、鍵を掛けておかないと。じゃあ、でかけましょう！……

アーニャ　この家ともお別れね！　さようなら、古い生活！

トロフィーモフ　こんにちは、新しい生活！……（アーニャと一緒に退場）

ワーリャ、部屋をひとわたり見まわして、足早に退場。ヤーシャ、犬を連れたシャルロッタ、退場。

ロパーヒン　春までお別れだ。さあ、みなさん、お出になってください……。それでは、いざさらば！……（退場）

ラネフスカヤとガーエフのふたりが残る。ふたりはまるでこの機会を待っていたように、たがいの首にかじりつき、だれにも気取《けど》られないように、押し殺した、ひそめた声で嗚咽《おえつ》する。

ガーエフ　（がっくり肩をおとして）ああ、大切な大切な妹……。（

ラネフスカヤ ああ、いとしい、かけがえのない、美しい庭！……ああ、私の生活、私の青春、仕合わせだった日々、さようなら！……さようなら！……

「ママーっ！」と嬉しそうに呼びかけるアーニャの声。
「ヤッホー！」と嬉しそうな、感きわまったトロフィーモフの声。

この壁も窓も、これで見納め……。亡くなったお母さま、この部屋を歩くのがお好きだった……。

ガーエフ ああ、大切な大切な妹！

「ママーっ！」とアーニャの声。
「ヤッホー！」とトロフィーモフの声。

ラネフスカヤ 私たちも行きましょう！……

ふたり去る。
人気《ひとけ》のなくなった舞台。すべての窓に鍵が掛けられ、ついで馬車が走り去る音が聞こえる。ひっそりとなる。しじまのなかを木を伐《き》る斧のくぐもった音が、ひっそりとわびしげにひびく。と、だれかの足音。右手のドアからフィールスがあらわれる。例によって背広に白のチョッキ姿、室内履きをはいている。病気である。

フィールス　（ドアに歩み寄って、ノブに手をかける）鍵が掛かっている。おたちになったんだ……。（ソファに腰を下ろす）わしのことなど忘れて……。なに、かまいやしない……ここにこうして、すわっていよう……。旦那さまは、毛皮のコートをお召しにならず、ただのコートでお出かけになったのじゃあるまいな……。（心配そうにため息をつく）このわしが、見て差し上げなかったからな……。世間知らずで世話がやける！（なにやらつぶやいているが、意味はとれない）こうしてお迎えが来たって、なんだか生きた気がしないなあ……。（横になる）どれ、少し横になるか……。体の力も抜けて、もうなんにも残っておらん、からっきし……。ええーい、この役立たず！……（横になったまま、ぴくりともしない）

はるか彼方で、まるで天空から聞こえるように、なにかワイヤーがはぜるような物悲しく、かき消えていく音が聞こえる。やがて、ふたたび静まりかえり、ただ庭の遠くで木を伐る斧の音だけが聞こえる。

幕

プロポーズ

一幕の滑稽劇

登場人物

ステパン・ステパーノヴィチ・チュブコーフ　地主。
ナターリヤ・ステパーノヴナ　娘、二十五歳。
イワン・ワシーリエヴィチ・ローモフ　チュブコーフの隣人、健康でふっくらしているが、とても疑りぶかい地主。

舞台はチュブコーフの屋敷。

チュブコーフ家の客間

一

チュブコーフとローモフ（燕尾服《えんびふく》に白の手袋姿で登場）。

チュブコーフ （ローモフを迎えて歩み寄って）おや、どなたかと思えば！　イワン・ワシーリエヴィチ！　ようこそ！　（握手をする）これはまたおめずらしい、まったく……。どうです、お変わりありませんか？

ローモフ おかげさまで。そちらもお変わりございませんか？

チュブコーフ まあ、どうにかこうにか、おかげさまで、ってなもんで。どうぞ、お掛けを……。ご近所づきあいを忘れるなんて、よくありませんぞ。それはともかく、またどうして改まった格好で？　燕尾服に白い手袋なんぞなさって。どこかにお出かけですか？

ローモフ いえ、こちらにうかがうだけで、ステパン・ステパーヌイチ。

チュブコーフ それならどうして燕尾服なんか？　年始回りじゃあるまいし！

ローモフ　じつは。（相手の腕を取って）こちらにうかがいましたのは、ステパン・ステパーヌイチ、折り入ってお願いがございまして。これまでもあなたには何度もお力添えをたまわり、その都度あなたからは、そのなんと申しますか……いや、申し訳ございません、わたくしなんだか頭に血がのぼってしまって。まずは、ステパン・ステパーヌイチ、水を一杯頂戴いたします。（水をのむ）

チュブコーフ　（わきぜりふ）金の無心に来よったな、こいつ！　貸してなんかやるものか！（ローモフに）で、ご用のむきは？

ローモフ　話と申しますのは、ステパン・オソレイリヤノヴィチ……これは失敬、ステパン・オソレイリヤノキシボジン……いや、その、わたくし、ごらんのとおり、もう頭に血がのぼっておりまして……。早い話、わたしの力になっていただけるのは、あなたお一人で。そりゃあ、自分がそれに価《あたい》せぬ人間であることは、……それにお力添えを望むべくもないことはじゅうじゅう……。

チュブコーフ　まあそんな回りくどい言い方はやめにして！　単刀直入に！　なんのことです？

ローモフ　はい、ただいま……すぐに。じつは、こちらにうかがいましたのは、お嬢様のナターリヤさんにプロポーズしようと思いまして。

チュブコーフ (喜び勇んで) これはこれは！　イワン・ワシーリエヴィチ！　もう一度おっしゃっていただけませんか。よく聞こえなかったもので！

ローモフ わたくし、お嬢様に……。

チュブコーフ (相手を制して) それはそれは……。まったくもってうれしい限りです、ってなもんで。ええ、そりゃあもう、早い話が。(相手を抱きすくめてキスをする) 昔から願っておったことです。年来の夢でした。(涙を流す) いつだって、あなたのことは、わが子同然に愛しておったものです。両人に神のご加護と愛をたまわらんことを、ってなもんで。そうあれかしと思っておりました……。なんだって私は棒かなんぞのように突っ立っているんだ？　うれしくって、ぼうっとなって、いやはやまったく、うつけてしまいましたわい！　いやはや、結構毛だらけ……。ひとつナターリヤを呼んで来ましょう、早い話が。

ローモフ (うっとりして) おそれ多くもステパン・ステパーヌイチ、わたくしお嬢様のご同意をいただけましょうか？

チュブコーフ なにをおっしゃる、この色男……娘が同意せぬわけがあるものですか！

きっとあなたにぞっこんですぞ、子ネコみたいに、なーんちゃって……少々お待ちを！（退場）

二

ローモフ（ひとりになって）ううっ寒い……。全身ががたがたふるえて、試験を受ける前のようだ。肝心なのは腹をくくることだ。あれこれ悩んで、決心がつかず、あでもないこうでもないとおしゃべりしていて、理想の女性や真実の愛など待っていた日にゃあ、金輪際結婚なんかできやしないんだからなあ……。ブルルッ！寒いなあ！　ナターリヤさんはちゃんと家の切り盛りはできるし、器量もわるくない、教養だってある……なんの不足があるものか？　それにしても、頭に血がのぼっているせいで、耳んなかがガンガン鳴っていやがる。（水を飲む）それにしても、結婚しないわけにもいかんしなあ……。ぼくはもう三十五だ、いわゆる人生の岐路ってやつだ。それに、ぼくにはきちんとした規則正しい生活が必要なんだ……。ぼくは心臓の具合がわるくて、慢性的な心拍異常だから、すぐにかっとなるし、いつも恐ろしいあがり性だ……。いまだって唇はブルブル、右の目蓋《まぶた》はひくひく痙攣《けいれん》していやがる……。いちばんたちがわるいのは、睡眠だ。寝床にもぐりこんで、うとうとしはじめるや、いきなり左の脇腹がギュッとひきつったかと思うと、肩と頭にガツンと割れそうな痛みが走る……。気が狂ったみたいにガバとはね起きて、しばらく歩いて、それからまた横になるんだが、うつらうつらしはじめると、またしても脇腹がギュッ！　それが毎晩二十回もつづくんだ……。

三

ナターリヤとローモフ。

ナターリヤ　（登場）あらまあ！　あなたでしたの、パパったら、向こうに、物を買い取りに商人が来てるぞっていうんだもの。こんにちは、イワン・ワシーリエヴィチ！

ローモフ　こんにちは、ナターリヤさん！

ナターリヤ　ごめんなさい、こんな普段着にエプロン姿で……。エンドウ豆を洗って干していたところなの。ずいぶんご無沙汰でしたわね、どうなさったの？　まあ、お掛けになって……。

ふたり、腰を下ろす。

お食事は？

ローモフ　いや、どうもありがとう、ぼくは済ませてきました。

ナターリヤ　タバコでもいかが……。はい、マッチ……。いいお天気ね、きのうはひどい雨だったじゃない、うちの作男たちは一日《いちんち》じゅう手持ちぶさただったわ。もうお宅では何束ワラをお刈りになって？　あたしったら、せっかちで原っぱ一面ぜんぶ刈り取ったんだけれど、いまではそれを後悔していて、干草《ほしくさ》が腐りやしないかと心配なの。もう少し待ってればよかったのにね。あらら、どうなさったの？　燕尾服なんか着込んじゃって！　あれあれ、びっくり！　舞踏会にでもいらっしゃるの？　それにしても、あなた、ご立派になったわね……。ほんと、どうなさったの、そんなにめかし込んで？

ローモフ （ドギマギしながら）じつはですね、ナターリヤさん……。じつは、あなたに聞いてもらいたい話がありまして……。きっと、びっくりなさるにちがいない。いや、腹をお立てになるかもしれない、でもぼくは……。（わきぜりふ）ああ、寒くてたまらん！

ナターリヤ なんのこと？

間。

さあ、おっしゃいな。

ローモフ できるだけ手短にお話しします。ナターリヤさんもご存じのように、ぼくはこちらのご家族のことは昔から、小さな子どものころから存じ上げています。ぼくは亡くなりましたぼくの伯母とその連れ合い、あなたもご存じのように、ぼくはこのふたりから遺産としていまの土地をもらい受けましたが、この両人ともあなたのお父様や亡くなったお母様のことはつねづね尊敬しておりました。ローモフ家とチュブコーフ家はつねに仲むつまじい、いわば親戚づきあいのような間柄で。それだけではなく、ご存じのように、ぼくの土地はこちらの土地と地続きです。

思い出していただければおわかりのように、うちの牛ヶ原はこちらの白樺林《しらかば》と接しております。
ナターリヤ　ごめんなさい、話の腰を折って。あなた「うちの牛ヶ原」とおっしゃるけれど……あそこはあなたの土地ではないでしょう？
ローモフ　うちのです……。
ナターリヤ　なにをおっしゃるの！　牛ヶ原はうちので、お宅のじゃありません！
ローモフ　お言葉を返すようですが、うちのです、ナターリヤさん。
ナターリヤ　これはまた聞き捨てならないことを。どうしてあそこがお宅のなのよ？
ローモフ　どうしてって？　ぼくが言うのは、お宅の白樺林と「焼けが沼」のあいだにくさび形に入り込んでいる牛ヶ原のことですよ。
ナターリヤ　そうよ、それ、それ……。あそこはうちのよ……。
ローモフ　いいえ、それはちがいます、ナターリヤさん。あそこはうちのです。
ナターリヤ　気はたしかなの、イワン・ワシーリエヴィチ！　いつから、あそこがお宅のものになったのよ？
ローモフ　いつからと言われたって？　ぼくがおぼえているかぎり、昔からうちのものでした。

ナターリヤ　そんなこと、信じられないわ、わるいけど。

ローモフ　書類上でもそうです、ナターリヤさん。かつて牛ヶ原は係争地でした。たしかにそれはそうです。でも、今ではみんなも知ってのとおり、あそこはうちのものです。議論の余地はありません。思い出していただきたいのですが、うちの伯母の祖母にあたる人が、あの牛ヶ原を、あなたのお父様のお祖父《じい》様の農民に無期限、無担保で貸し与えたんじゃないですか。彼らが祖母のために煉瓦《れんが》を焼いてくれていたお礼にね。お父様のお祖父様の農民は四十年間無担保で牛ヶ原を使用してきて、農奴解放令が出てからは自分たちのものだと思い違いをしてしまったのでしょうね。

ナターリヤ　あなたがおっしゃってること、全然ちがうわ！　あたしのお祖父さんも、そのまたお祖父さんも、「焼けが沼」までがご自分たちの土地だと考えていらしたの。つまり、牛ヶ原はあたしたちの土地だったわけ。四の五の言うことなんかないの、わけがわかんない。むかむかしてくるわ！

ローモフ　じゃあ、見せてあげますよ、証拠を、ナターリヤさん！

ナターリヤ　結構です、あなた、冗談をおっしゃってるか、あたしをからかおうとなさってるだけよ……。まったく、信じらんない！　三百年ちかくも所有してきた土地があたしたちのものじゃないなんて！　イワン・ワシーリエヴィチ、こう言っちゃなんだけど、開いた口がふさがりませんわ……。牛ヶ原が惜しいと思って言うわけじゃないの。たかだか五ヘクタールの土地よ、売ったたって三〇〇ルーブルかそこらにしかならないわ、でもあたし、理不尽は許せないの。何をおっしゃろうと勝手だけれど、そういう理不尽には我慢ならないの。

ローモフ　まあ、ぼくの話も聞いてください！　あなたのお父様のお祖父《じい》さんが抱えていらした農民たちは、すでにあなたに申し上げたとおり、ぼくの伯母の祖母のために煉瓦を焼いてくれました。で、伯母の祖母は、その人たちによかれと思って……。

ナターリヤ　お祖父さんだとか、お祖母《ばあ》さんだとか、伯母さんだとか……そんなこと言われたって、あたしには関係ないことよ！　牛ヶ原はうちのものです、それでおしまい。

ローモフ　うちのです！

ナターリヤ　うちのですっ！　あなたが二日かけて意地を張ったって、燕尾服を十五枚も着込んでこようが、あれはうちのだと言ったら、うちのです！　……あたしは、あなたの土地を横取りする気はありません、でも自分の土地をむざむざ失うのがいやなの……。もう勝手になさい！

ローモフ　ナターリヤさん、ぼくだって牛ヶ原なんて要りませんよ。でも、ただ原則はゆずれない。よろしければ、牛ヶ原はあなたに差し上げます。

ナターリヤ　こちらこそ、あなたにくれてあげるわ、あそこはうちのですもの！　それにしても、よくよく考えると、何から何まで筋が通らない話ね、そうじゃありませんこと、イワン・ワシーリエヴィチ！　いまのいままであたしたちはあなたをお隣さんでお友だちだと思うからこそ、去年もうちの脱穀機を貸してあげて、おかげでうちでは十一月まで脱穀がずれ込むことになったのに、あなたときたら、何よ、その態度、まるであたしたちのことはジプシー扱い。あたしにあたしの土地を進呈しようと言い出す始末。言わせてもらうけれど、それって、とてもご近所付き合いとは言えないわ！　あたしに言わせりゃ、そういうのを盗《ぬす》っ人《と》たけだけしいって言うのよ……。

ローモフ　あなたに言わせりゃ、ぼくは盗っ人の悪党だってわけですか？　お嬢さん、ぼくはこれまで他人の土地をくすねたこともなければ、この問題で他人から後ろ指をさされるようなまねをしたことはありません……。（足早に水差しに向かって、水を飲む）牛ヶ原はうちのだ！
ナターリヤ　そうじゃありません、うちのです！
ローモフ　うちのだ！
ナターリヤ　デタラメだわ！　はっきりわからせてあげる！　今日中にうちの草刈りの男衆をあの牛ヶ原に差し向けます！
ローモフ　こっちは叩き出してやるまでだ！
ナターリヤ　できっこあるもんですか！
ローモフ　（心臓を押さえて）牛ヶ原はうちのものだ！　何度言ったらわかるんです？　うちのだと言えばうちのだ！
ナターリヤ　そんな大声立てないでちょうだい！　ご自分の家で大声を張り上げたり、怒りにまかせてゼーゼー言うのは勝手だけれど、ここでは身のほどをわきまえていただきます！

ローモフ　いいですか、お嬢さん、もしもこんなに心臓がバクバクせず、こめかみの血管がドキドキしていなければ、ぼくだって少しは冷静にお話ししますよ！（声を張り上げて）牛ヶ原はうちのだ！

ナターリヤ　うちのです！

ローモフ　うちのだ！

ナターリヤ　うちのです！

ローモフ　うちのだ！

四

先のふたりにチュブコーフ。

チュブコーフ　（登場）なんだなんだ？　なんの騒ぎだ？

ナターリヤ　パパ、この人に説明してあげて、牛ヶ原がだれのものなのか、うちのかこの人のか？

チュブコーフ　（ローモフに）いいかね、君、牛ヶ原はうちのだ！

ローモフ　何をおっしゃります、ステパン・ステパーヌイチ、どうしてあそこがお宅のものなんです？　せめてあなただけでも道理をわきまえてください！　うちの伯母の祖母が、あなたのお祖父さんの農民たちに牛ヶ原を一時的、無担保で貸与したんじゃないですか。農民たちは四十年間その土地を使用しているうちに、解放令が出てから、自分たちのものだと思い込んでしまったんです……。

チュブコーフ　いいかい、よく聞きたまえ……、君はお忘れのようだが、その農民たちは君んちのお祖母さんに借地料を払ってはいなかった、早い話がね。それというのも、当時から牛ヶ原は係争地だったから、ってなもんで……。いまではどこの馬の骨だって、あそこがうちの領地であることは知っているよ。君は、きっと区画地図ってのを見たことがないんだ！

ローモフ　あそこがうちの領地であることは、証明してみせますよ！

チュブコーフ　そいつは無理だね、君にはわるいが。

ローモフ　いいえ、証明してみせますとも！

チュブコーフ　まああ、そんなに声を荒《あら》らげなさんな。声を荒らげても証明できないものは証明できっこない。私はね、君の地所を取り上げる気もなければ、うちの土地を手放すつもりもない。なんのためにそんなことをせにゃならんのです？　君がそういう態度に出るのなら、いいかね、君、牛ヶ原のことで君がそこまで言うのなら、私はいっそのこと、君ではなく農民たちにあの土地をくれてやりますよ。そうしますとも！

ローモフ　わからないなあ！　あなたに他人の財産を譲り渡す権利がどこにあるんです？

チュブコーフ　私に権利があるとかないとか、聞いた風な口をきくんじゃありません。君はまだ若いねえ、私はそんな口のききかたをされるおぼえはありませんぞ、ってなもんだ。いいかね、お若いの、私は君より二倍も年が上だ、そんなけんか腰で話すのはやめにしてもらいたいものですな、早い話が。

ローモフ　やめてください、あなたはぼくを馬鹿あつかいして、ぼくを笑いものにしようとなさっているだけだ。ぼくの土地を自分のだと称し、ぼくを血も涙もない人間に仕立て、道義にもとる口のききかたをさせようとなさってるんだ！　ご近所同士はそんな態度には出ませんよ、ステパン・ステパーノヴィチ！　あなたは隣人なんかじゃない、あなたこそ盗っ人の悪党だ！

チュブコーフ　なんだとお？　今なんとおっしゃった？

ナターリヤ　パパ、今すぐ牛ヶ原に刈り入れの男衆を送りましょうよ！

チュブコーフ　（ローモフに）さあ、今なんとおっしゃった？

ナターリヤ　牛ヶ原はうちのよ、あたしけっして折れませんからね！

ローモフ　それじゃ決着をつけましょう！　ぼくは裁判で、あそこがうちの土地であることを証明してみせます。

チュブコーフ　裁判だと？　どうぞ裁判でもなんでも訴えるがいい、早い話が！　どうぞご勝手に！　君のことなんか、こっちはとうにお見通しだよ、はなから裁判かなんぞに持ち込もうって腹だったんだ、ってなもんで……。難癖をつけたがる男だ！　君の一族はどいつもこいつも裁判好きの連中ばかりだ！　全員がな！

ローモフ　ぼくの一族に難癖をつけるのはやめてください！　ローモフ家の人間は正直者ばかりで、こちらの伯父さんみたいに公金に手を出して裁判にかけられるような人間はひとりもいません！

チュブコーフ　ローモフ家の連中はみんないかれポンチさ！

ナターリヤ　そうよ、そうよ、みんなそうだわ！

チュブコーフ　祖父さんは大酒飲みだったし、若いほうの伯母、そうナスターシヤ・ミハイロヴナとか言ったっけ、そいつもどこぞの建築家と駆け落ちしたじゃないか、なーんちゃって……。

ローモフ　あなたのおっかさんなんて、身体がこんな風にひん曲がってたじゃないか。（胸を押さえて）脇腹がひきつる……。頭が割れそうだ……もうだめだ！……水をくれ！

チュブコーフ　あんたの親父は博打《ばくち》打ちの大食らいだ！

ナターリヤ　伯母さんときたら、口さがないかげぐち女よ！

ローモフ　左足が言うことをきかなくなってきたぞ……。このタヌキおやじ……うぅっ心臓が！……知らぬ者はいませんよ、あなたが選挙の前にかげでこっそり……。目に火花が走って、くらくらする……。どこだ、ぼくの帽子は？

ナターリヤ　最低！　嘘つき！　けがらわしい！

チュブコーフ　そういう君こそ、かげでこそこそ、腹に一物も二物もある、はかりごとに目のない男じゃないか！　そうだとも！

ローモフ　ああ、あった、帽子……。ううっ心臓が……。どっちに行くんだ？　出口

はどこだ？　ううっ……死んじゃうんじゃないか……。足がいうことをきかない……。（戸口に向かう）

チュブコーフ　（後ろから追い打ちをかけるように）金輪際、その足でうちの敷居をまたぐんじゃないぞ！

ナターリヤ　勝手に裁判にかけるがいいわ！　お手並み拝見よ！

よろよろしながらローモフ退場。

五

チュブコーフとナターリヤ。

チュブコーフ　ちくしょうめ！（興奮して歩き回る）

ナターリヤ　ろくでもない男ね？　こんなことがあったんじゃ、ご近所さんも信じられないわ！

チュブコーフ　くだらん男だ！　あの案山子《かかし》野郎！

ナターリヤ　唐変木《とうへんぼく》のおたんこなすよ！　他人様《ひと》の土地を横取りしておきながら、憎まれ口まで叩くなんて。
チュブコーフ　あんな化け物野郎のおたんこなすが、よくぞぬけぬけとプロポーズになんか来おって、ってなもんだ！　どういう料簡だ？　笑わせるんじゃないよ、プロポーズだなんて！
ナターリヤ　なんのこと、プロポーズって？
チュブコーフ　当ったり前のコンコンチキよ。お前にプロポーズしに来たのさ。
ナターリヤ　プロポーズ？　あたしに？　なんでそれを先に言ってくれないの？
チュブコーフ　燕尾服なんか着て、めかしこみやがって！　あんな、なよなよしたソーセージ野郎が！　あの青二才め！
ナターリヤ　あたしに？　プロポーズ？　ああ！　（肘掛け椅子に倒れ込み、うめき声をあげる）連れ戻して、あの人！　連れ戻してきて！　ああ！　連れて来てちょうだい！
チュブコーフ　連れ戻すって、だれを？
ナターリヤ　急いで、お願い！　目の前が真っ暗！　呼んで来て！　（ヒステリーを起こんで）わしもよくよく運のない男だ！　矢でも鉄砲でも持ってきやがれ！　いたたまれん！

チュブコーフ　どうなっとるんだ？　どうしたんだ、お前？（自分の頭をかかえこす）

ナターリヤ　もう死にそう！　早く呼んで来て！

チュブコーフ　はいはい、わかりましたよ。そんなに、やいのやいの言わんでくれ！（駆け出す）

ナターリヤ　（ひとりになって、うめき声をあげる）何やってるのかしら、あたしたちふたりとも！　連れ戻してきて！　お願い！

チュブコーフ　（駆け込んできて）いまやって来ますよ、ってなもんだ、ちくしょうめ！　まいった、まいった！　自分で話すんだぞ、わしは知らんからな……。

ナターリヤ　（うめきながら）連れて来て！

チュブコーフ　（大声をはりあげて）いまに来ると言っとるだろうが。年頃の娘を持った父親なんて哀れなものさ！　首をくくりたくなるね！　いや、首をくってやる！　さんざん人を罵倒《ばとう》して、ぼこぼこにして、おん出したのも、だれかと言えばお前……お前のせいだからな！

ナターリヤ　ちがうわ、パパのせいよ！

チュブコーフ　そうかい、そうかい、みんな私がわるうござんした！

戸口にローモフがあらわれる。

さあ、話があるのなら、どうぞご勝手に！（退場）

六

ローモフ　（ぐったりして登場）ひどい動悸《どうき》だ……。足の感覚もないし……脇腹がひきつる……。

ナターリヤ　ごめんなさい、ふたりともついかっとしちゃったのね、イワン・ワシーリエヴィチ……。あたし、たった今思い出したの、牛ヶ原は実際お宅のものよ。

ローモフ　心臓がバクバクする……。うちの牛ヶ原って……。両のまぶたがひくひくする……。

ナターリヤ そう、お宅の牛ヶ原よ……。まあ、おすわんなさいな……。

ふたりとも腰を下ろす。

ふたりともまちがっていたわ……。

ローモフ ぼくは原則はゆずれないんです……。ぼくは土地なんか惜しかありません、でも原則は譲れない……。

ナターリヤ ええわかったわ、原則ね……。何かべつのことをお話ししましょうよ。

ローモフ それに、ぼくには証書だってあるんです。うちの伯母の祖母があなたのお父様のお祖父様の農民に貸与したんです……。

ナターリヤ そうよね、そうよね、もうその話はよしましょ……。（わきぜりふ）うん、もうどう切り出せばいいのかしら……。（ローモフに）近々、狩りにお出かけになるの？

ローモフ ええ、ナターリヤさん、ヤマドリ猟に、刈り入れがおわったら出かけようと。ああ、そうだ、お聞きになりましたか？　ぼくってなんて不幸なんだろう！　あなたもご存じのうちの猟犬シュンスケが足をひきずってるんですよ。

ナターリヤ　まあ、かわいそうに！　またどうして？

ローモフ　それがわからなくて……。きっと脱臼したか、ほかの犬に嚙まれたんでしょうね……。（ため息をついて）お金のことをとやかく言うつもりはありませんが、いちばんの犬ですからね！　ぼくはそいつのためにミローノフに一二五ルーブル払ったんです。

ナターリヤ　またぼられたものね、イワン・ワシーリエヴィチ！

ローモフ　ぼくに言わせれば、安い買い物ですよ。とにかくすばらしい犬なんですから。

ナターリヤ　うちのトビスケをパパが買ったのはたったの八五ルーブル、でもトビスケはお宅のシュンスケよりはるかに上等よ！

ローモフ　トビスケがシュンスケより上等ですって？　ご冗談を！　（笑い出す）トビスケがシュンスケより上等だなんて！

ナターリヤ　もちろん上等だわ！　トビスケはまだ子どもで毛も生えそろってはいないけれど、聞き分けはいいし、綱を解いても、あの犬にまさる犬はヴォルチャネツキーさんちにもいなくってよ。

ローモフ　お言葉ですが、ナターリヤさん、あなたはあの犬の下あごが寸足らずであることをお忘れですか。下あごが短い犬は獲物をくわえられないんですよ。

ナターリヤ　あごが寸足らずですって？　聞き捨てならないわねえ！

ローモフ　まちがいありません、下あごが上あごにくらべて短いんです。

ナターリヤ　お測りになったの、あなた？

ローモフ　測りましたとも。そりゃあ、やつは獲物を追うにはもってこいですが、くわえこもうとしたら、あわれなもので……。

ナターリヤ　第一にうちのトビスケは純血種で、毛もふさふさしているし、ザプリャガイとスタメスカの子どもだけれど、お宅の赤褐色のぶち犬は血統なんかないじゃない……。それに年をくって、廃馬みたいにみすぼらしいし……。

ローモフ　たしかに年はくってますが、お宅のトビスケを五匹もらったって、とっかえようとは思いませんね……。そりゃあ無理でしょう？　シュンスケはれっきとした犬ですが、トビスケなんて、こりゃ話にもならない……。お宅のトビスケみたいな犬は猟犬番のところに行けば、掃いて捨てるほどいますよ。二五ルーブルのはした金の値打ちしかありません。

ナターリヤ　イワン・ワシーリエヴィチ、きょうのあなたには、なんだか天《あま》の邪鬼《じゃく》でも居座っているみたい。牛ヶ原がじぶんちのものだとか、シュンスケがトビスケより上等だとか、根も葉もないことばっかり。心にもないことをおっしゃる方って、あたしきらいよ。トビスケがお宅の……あのおばかさんのシュンスケより百倍もいいことは、あなたもよくご存じのはずじゃない。どうして心にもないことをおっしゃるの？

ローモフ　ナターリヤさん、どうやらあなたはぼくを目の見えないうすのろとでもお考えのようですね。いいですか、よく考えてください、お宅のトビスケは下あごが寸足らずなんです！

ナターリヤ　バカおっしゃい。

ローモフ　寸足らずだ！

ナターリヤ　（声を張り上げて）バカ言わないで！

ローモフ　なんで怒鳴るんです、ナターリヤさん？

ナターリヤ　じゃあ、どうしてあなたはデタラメおっしゃるのよ？　いけ好かないわねえ！　あなたのとこのシュンスケなんか猟銃でズドンとかませていい年なのに、うちのトビスケにくらべてどうたらこうたら！

ローモフ　失礼、ぼくはこんな言い争いをつづけることはできません。心臓がバクバクするんです。

ナターリヤ　前から気づいてたわ、あたし。狩りが好きな連中は、何もわかってないくせに、口から泡をとばしていちばんに議論したがるのよ。

ローモフ　ナターリヤさん、ちったあ口をつぐんだらどうです……。ああ、心臓が破裂しそうだ……（声を張り上げて）だまれっ！

ナターリヤ　だまるもんですか、まずあなたが、トビスケのほうがお宅のシュンスケより百倍もすぐれてるって認めなさい！

ローモフ　百倍わるい！　お宅のトビスケなんかくたばっちまえ！　ああこめかみが……目が……肩が……。

ナターリヤ　へん、あなたのシュンスケなんて、息をする必要もないんだわ、それでなくてももうお陀仏《だぶつ》なんだから！

ローモフ　（涙声で）口を慎め！　心臓が破裂する！

ナターリヤ　だまるもんですか！

七

先のふたりにチュブコーフ。

チュブコーフ （登場）今度は何事だ？

ナターリヤ パパ、この人にはっきり教えてあげて、正直に。うちのトビスケとこの人のシュンスケのどっちがいいか。

ローモフ ステパン・ステパーノヴィチ、お願いです、ひとことおっしゃってください。お宅のトビスケは下あごが短いですよね？　そうでしょ？

チュブコーフ それで具合がわるいかね？　なにをご大層に！　それにしても、郡内広しといえど、あれにまさる犬はない、ってなもんで。

ローモフ でもうちのシュンスケのほうが上ですよね？　正直に！

チュブコーフ そうカッカしなさんな、なあ君……。言わせてもらうが、お宅のシュンスケは、なかなかいい素質を持っておる……。純血種で、ちゃんと四本の足も揃っとるし、なかなかいいケツをしておる、早い話がね。だが、この犬にはだな、知りたければ教えてあげるが、いいかい君、ふたつ欠陥がある。年をくってること、鼻先が寸詰まりなことだ。

ローモフ 失礼、またぼくは動悸が……。事実に即して話しましょう……。思い出していただきたいのですが、マルーシカが原でうちのシュンスケは伯爵家のラズマハイとならんで走っていましたが、お宅のトビスケはまるまる一キロもおくれをとっていましたよね。

チュブコーフ たしかに、それは伯爵家の猟犬係がトビスケを鞭打ったせいだ。

ローモフ それだってわけがあります。どの犬もみんなキツネを追っているのに、トビスケが羊に気を取られそうになったからじゃないですか！

チュブコーフ バカをいうんじゃありません！……いいかい君、私もかっとなりやすい性質《たち》だから、いちゃもんをつけるのはやめていただこう。鞭をくれたのは、みんなよそ様の犬がうらやましいせいさ……。そう！　みんなうらやましいんだよ！　君も伯爵もね、仕方のないことさ！　それで、どこかの犬が君のシュンスケよりいいとでも言い出すと、ああでもないこうでもないと、わいわいがやがやおっぱじめるわけさ……まっ、早い話がね。私はなにもかもおぼえとるよ！

ローモフ　ぼくだっておぼえてますよ！

チュブコーフ　（口まねをして）ぼくだっておぼえてますよっ……。いったい君は何をおぼえてるというんだ？

ローモフ　ああ動悸が……。足の感覚がない……もうダメだ。

ナターリヤ　（口まねをして）ああ動悸が……。あれあれ、ご立派な猟師だこと。あなたなんか、台所の暖炉に寝そべってゴキブリでもつぶしていりゃいいのに、キツネ狩りだなんて、とんだお笑いぐさよ！　ああ動悸が、なんて言っているようじゃ……。

チュブコーフ　ほんと、君が猟師だってか？　そんなやわな心臓をしてるんだったら、家でおとなしくしていりゃいいものを、鞍《くら》なんかにまたがるんじゃないよ。勝手に狩りにでも出かけていればいいものを、馬を飛ばしてやって来て、いちゃもんをつけたり、他人の犬にけちをつけるなんて、とんだお笑いぐさだ、ってなもんだ。私は気が短いんだ、この話はこれでおしまい。とにもかくにも、君が猟師でなんかあるものか！

ローモフ　じゃあ、あなたは猟師なんですか？　あなたが馬を飛ばして行くのは、伯爵におべっかを使って、はかりごとをするためだけじゃないですか……。ああ心臓が！……このタヌキおやじ！
チュブコーフ　なんだと？　タヌキおやじだと？（声を張り上げ）だまらっしゃい！
ローモフ　タヌキおやじ！
チュブコーフ　なにを、ちょこざいな小僧め！
ローモフ　古ダヌキ！　偽善者！
チュブコーフ　だまれ、さもないと汚《けが》らわしい猟銃でライチョウみたいに撃ち殺してくれるぞ！　このほら吹き野郎！
ローモフ　だれも知らないと思ったら大まちがいだ、ああ心臓が！　あんたは亡くなった奥さんからぶたれてたって話じゃないか……。ああ足が……こめかみが……目に火花が飛ぶ……。ぶっ倒れそうだ、ああ倒れるっ！……
チュブコーフ　きさまなんか、家政婦の尻に敷かれているくせに！
ローモフ　ああ、ああ、ああ……心臓が破裂だ！　肩が抜ける……。どこだ、ぼくの肩は？……死にそうだ！（肘掛け椅子に倒れ込む）医者を！（卒倒）
チュブコーフ　ガキっ！　はなたれ小僧！　大口たたき！　ああ、胸くそ悪い！

（水を飲む）腹がたつ！

ナターリヤ　へん、なにが猟師よ？　馬にも乗れないくせに！（父親に）パパっ！　この人、どうしたのかしら？　パパっ！　ねえ、見て、パパ！（悲鳴をあげる）イワン・ワシーリエヴィチ！　死んじゃった！

チュブコーフ　ああ、むしゃくしゃする！　息ができん！……息が！

ナターリヤ　死んじゃった！（ローモフの袖をゆすって）イワン・ワシーリエヴィチ！　イワン・ワシーリエヴィチ！　ああ、どうしよう？　この人、死んじゃった！（肘掛け椅子に倒れる）お医者さんを、お医者さんを！（ヒステリーを起こす）

チュブコーフ　おお！　なにごとだ？　どうしたんだ、お前？

ナターリヤ（うめき声をあげて）死んじゃったの、このひと！……死んじゃったのよ！

チュブコーフ　死んだ、だれが？（ローモフをながめて）ほんとだ、死んでる！　だれかおらんか！　水だ！　医者を呼べ！（ローモフの口にグラスを近づける）さあ、飲むんだ！……だめだ、飲まないぞ……。死んだってかっ、早い話が……。なんでわしがこんな目にあわにゃならんのだ！　どうして自分の額にドスンと一発お見舞いしないんだ？　どうしてこれまで自分で首をかっ切らなかったんだろう？　何を待ってるんだ、わしは？　さあ、ナイフをよこせ！　ピストルを持ってこい！

ローモフがぴくりと体を動かす。

どうやら、気がついたか……。さあ、水だ！……　そう、飲むんだ……。

ローモフ　ああ火花だ……霧だ……。どこだ、ここは？

チュブコーフ　一刻も早く結婚してくれ、それで、とっとと消えうせてくれ！　この娘《こ》も承諾だとさ！（ローモフと娘の手と手をつないでやる）この娘もいいってさ、早い話が。ふたりで仕合わせになっ、ってなもんだ。どうか、私だけはそっとしておいてくれよ！

ローモフ　なに？　なんです？（起き上がりながら）なんですって？

チュブコーフ　この娘も同意だってさ！　うん？　さあさ、キスなさい……まったく世話を焼かせるんじゃないよ！

ナターリヤ　（うめき声をあげて）あのひと、生きてるのね……。ええ、あたしも異存ありません……。

チュブコーフ　さあキスして！

ローモフ　なに？　だれ？　（ナターリヤとキスをかわす）うれしいなあ、とっても……。いったい、どうしたんだっけ？　ああ、そうだった……。ああ心臓が……火花だ……。ぼくは仕合わせです、ナターリヤさん……。（手にキスをする）足の感覚がない……。

ナターリヤ　あたしも……仕合わせよ……。

チュブコーフ　これでめでたし、めでたし……。やれやれ！

ナターリヤ　でも……いいこと、まずはお認めなさい、シュンスケはトビスケより下だって。

ローモフ　いや、シュンスケのほうが上だ！

ナターリヤ　いいえ、下よ！

チュブコーフ　いやはや、もう仲のいい夫婦生活がはじまったぞ！　シャンパンを持ってこい！

ローモフ　シュンスケのほうが上だ！

ナターリヤ　下よ、下と言ったら下よっ！

チェブトゥイキン（？）

チュブコーフ　（ふたりの声に負けないように）シャンパンだ！　シャンパンだ！

幕

熊

一幕の滑稽劇

（N・N・ソロフツォーフ[1]にささげる）

登場人物

エレーナ・イワーノヴナ・ポポーワ　両のほおにえくぼのある未亡人、女地主。
グリゴーリー・ステパノヴィチ・スミルノフ　中年の地主。
ルカー　ポポーワ家の召使、老人。

ポポーワの屋敷の客間

一

ポポーワ（深い悲しみに沈んで、片時も写真から目を離さない）とルカー。

ルカー よくありませんな、奥様……。それじゃみずから身をほろぼしているようなもんですよ……。小間使や料理女はイチゴ狩りに出かけました、生きとし生けるものは、だれもが浮かれております。あの猫ですら、わが身の歓びをわきまえていて、庭を歩き回っては、小鳥なんかをつかまえておりますのに、奥様ときたら、日がな一日まるで修道院にでもいるみたいに、部屋に閉じこもったきり、たのしい顔ひとつなさらない。まったく、困ったもんだ！　考えてもごらんなさい、奥様が家から出られなくなって、もう一年にもなります！……

1　本名ニコライ・ニコラエヴィチ・フョードロフ（一八五七〜一九〇二）。俳優、演出家、興行師。ソロフツォーフは芸名。

ポポーワ　これからだって出やしません……。なぜだかわかる？　あたしの人生は終わったの。あの人はお墓のなかだけれど、あたしはこの四つの壁のなかにわが身をほうむったの……。ふたりとも死んじゃったの。

ルカー　またこれだ！　聞いちゃいられませんよ、まったく！　旦那様がお亡くなりになったのは、それは仕方のないことで、神様のおぼし召しです、ご愁傷様です……。もうお嘆きになったのですから、それでじゅうぶんです。潮時ってもんです。一生泣きの涙と喪服で通すことなどできません。私も連れ合いを亡くしましたがね……。どうしようがあります？　ひと月ばかりは、嘆いたり泣きの涙を流しましたが、もうそれだけやりゃあ、かかあにはじゅうぶんで、よしんば一生嘆き悲しんでいた日にゃ、そりゃあ、かかあには分不相応な話で。（ため息をつく）奥様はご近所の人たちのこともお忘れで……。ご自分でも馬車でお出かけにならないし、お客も迎えてはならんとおっしゃる。これじゃ、手前どもは、こう言っちゃなんですが、クモみたいな生活で、お天道様もおがめやしない。お仕着せはネズミに食われちまうし……。真っ当な人間がいないならともかく、この郡には立派な紳士がわんさかいらっしゃるじゃないですか……。ルイブロヴォ村には連隊が駐屯していて、将校さんたちの美しいことといったら、いくら見ていても見飽きるもんじゃありませんよ！　宿営地では金曜日ともなれば舞踏会が催され、毎日軍楽隊が音楽をやっております……。ああそれなのに、奥様ときたら！　お若くって、きれいなお顔で、ぴちぴちなさってるんですから、もっと気ままになさればいいのに……。いくらおきれいだって、いつまでも長続きするもんじゃありません！　十年ばかり経ってごらんなさい、いくらクジャクみたいにしゃなりしゃなり品《しな》を作って、殿方の気をひこうとなさっても、もう手遅れですよ。

ポポーワ　（きっぱりと）いいこと、お願いだから、あたしにもう二度とそんな話をしないでちょうだい！　主人が亡くなってからというもの、あたしにとって生きていることになんの意味もないことは、お前だってわかっているじゃないか。お前はあたしが生きていると思っているだろうけれど、それは、そう見えるだけ。あたし、お墓に入るその時まで、この喪服は脱がない、世間づきあいもしまいと誓ったの……。わかった？　あの人の霊に見せつけてやるのよ、どれほどあたしの愛情が深いか……。もちろん、あたしだって知らないわけじゃありません。お前だって知っていることよ、あの人はしばしばあたしに理不尽で、つらく当たったし……、不実だった、でも、あたしは死ぬまで貞節をつらぬいて、あたしがどれだけ愛することができる女だか、あの人に見せつけてやるの。向こうで、あの世であの人に会っても、あたしはあの人が亡くなる前のあたしと変わらないの。

ルカー　そんなことばをほざいてらっしゃるんじゃなく、庭でも散歩なさればよろしいでしょうに。それか、トビーかヴェリカンでも馬車につけて、ご近所にご機嫌うかがいにでもいらっしゃれば……。

ポポーワ　ああ！……（涙にくれる）

ルカー　奥様！…　ああ、奥様！…　どうなさいました？　しっかりなさいまし！

ポポーワ　あの人があんなに好きだったトビー！　あの人はいつもあの馬に乗ってコルチャーギンさんやヴラーソフさんちにいらしたわ。その手綱《たづな》さばきのみごとなことったら！　手綱をぐいっと引き絞った、あの姿形の美しいことったら！　お前だって、おぼえているでしょ？　トビー、トビー！　きょうはご褒美にあの馬に八フント[2]余計にエン麦をあげるように伝えておいて。

ルカー　承知しました。

甲高い呼び鈴の音。

ポポーワ　（ぎくりと身をふるわせて）だれかしら？　どなたにもお目にかかりませんって言ってきて！

ルカー　承知しました。（退場）

二

ポポーワ、ひとり。

ポポーワ　（写真をながめながら）いいこと、ニコラス、どれだけあたしの愛情が深いか、どれだけあたしが寛大か、きっとあなたもわかるはずよ……。あたしの愛はこのか弱い心臓が鼓動を打たなくなったら、あたしと一緒に消えてゆくの。（声を立てて笑う。涙声で）ねえ、心が痛むでしょう？　あたしはお利口さんの、貞

2　一フントは約四〇八グラム。

淑な妻で、この身にしっかり鍵をかけて、お墓に入るまであなたに貞淑でいるわ、ところが、あなたって人は……、ねえ、心が痛まないこと、ふとっちょさん？　なんどもあたしを裏切って、悶着を起こしたり、何週間も家を空けては、よくもあたしをひとりにしてくれたわね……。

三

ポポーワとルカー。

ルカー　（登場、心配そうに）奥様、あちらでどなたかは存じませんが、聞いてこいとのことで。お目にかかりたいとか……。
ポポーワ　でも、主人が亡くなってからどなたとも会わないと言ったんでしょう？
ルカー　申しましたが、聞く耳をお持ちにならないふうで、とても大事なことなんだとおっしゃってます。
ポポーワ　お・あ・い・し・ま・せ・ん！
ルカー　何度もそう申し上げたんですが、馬の耳に念仏のような唐変木で……手前を怒鳴りつけると、ずかずか部屋に入って来られて……もう食堂にいらっしゃいます……。

ポポーワ　（腹を立てて）いいから、お引き取り願ってちょうだい……。ほんとに、不作法な！

ルカー、退場。

なんていけ好かない連中だろう！　あたしに何の用があるのよ？　なんであたしの穏やかな生活を乱すのよ？　（ため息をつく）もうこうなったら、ほんと修道院に雲隠れしなければならないわ……。（考え込む）そう、修道院にでも……。

四

ポポーワ、ルカー、スミルノフ。

スミルノフ　（入ってきながらルカーに向かって）このボケナス、やいのやいのと言いやがって……おたんこなす！（ポポーワを目にして、威儀を正して）奥様、はじめてお目にかかります、退役陸軍砲兵中尉、グリゴーリー・ステパノヴィチ・スミルノフであります！　きわめて重大なる一件によりおじゃまいたします……。

ポポーワ　（握手の手も差し出さず）なんのご用でしょう？

スミルノフ　お亡くなりになりましたお宅のご主人にはご厚誼《こうぎ》をたまわっておりましたが、そのご主人が私に約束手形二枚で、千二百ルーブルの借財をしておいででした。あす、農業銀行に利子の払いをしなければならんものですから、奥様、あなたに本日ただ今その金をお返し願えないかと思いまして。

ポポーワ　千二百……。どうしてうちの主人がそちらに借金などしたのでしょうか？

スミルノフ　私からエン麦をお買いになりましてね。

ポポーワ　（ため息まじりに、ルカーに）さっきも言ったけれど、ルカー、忘れないでトビーに余計に八フントのエン麦をあげるのですよ。

ルカー、退場。

（スミルノフに）もし主人がお借りしたなら、それはもちろん、お返ししなければなりません。でも、申し訳ございませんが、きょうわたくしの自由になるお金はございませんの。あさってには執事が町から戻ってまいりますので、しかるべくお金をお返しするよう申しつけます。でも、いまはご希望には添いかねます……。それにきょうは主人が亡くなりましてちょうど七か月目に当たりまして、わたくしとてもお金のことにかかずらっている気分ではありませんの。

スミルノフ　ところが、ぼくにしてみれば、あす利子が払えないと、一巻の終わりって心境ですよ。何もかも差し押さえです！

ポポーワ　あさってになれば、お金は戻ってきますわ。

スミルノフ　金が必要なのはあさってではなくきょうなんです。

ポポーワ　申し訳ございません、きょうはお返しできません。

スミルノフ　あさってまで待てないと、ぼくは言うんです。

ポポーワ　どうしようもないじゃありませんか、いまはないんですもの！

スミルノフ　つまり、お返し願えないと？

ポポーワ　できかねます……。

スミルノフ　ふむ！…　それが最終的な結論ですか？

ポポーワ　ええ……。

スミルノフ　最終的な？　掛け値なしのぎりぎりの？

ポポーワ　ええ、ぎりぎりの。

スミルノフ　いやはや、ありがたいこった。肝に銘じておきましょう。（肩をすくめる）これでも人はまだぼくに冷静でいろと言うんだからなあ。いまもここに来る途中で税務署員に会いましたが、そいつが言うには、「なんだってあなたは始終腹を立てていらっしゃるんです、スミルノフさん？」。こっちの身にもなってもらいたいもんだ、どうして腹を立てずにいられます？　どうしてもぼくには金がいるんだ……。きのうの朝、ほとんど夜明けと同時に家を出て、金を貸した連中のところを駆けずり回ったが、ただの一人として金を返そうとするやつはいない！　犬みたいにくたくたにくたびれて、得体の知れない、どこぞのユダヤ人の居酒屋の水樽のわきで一夜をすごして……。のこのこ家から七〇キロも離れたここまでやって来たわけです。返してもらえると一縷《いちる》の望みをたくしてね。ところが返ってきた言葉は、「そんな気分じゃない」だものなあ！　これでどうして腹を立てないでいられます？

ポポーワ　わたくし、はっきり申し上げたじゃありませんか、執事が町から戻ったら、お返ししますって。

スミルノフ　ぼくは執事に会いに来たんじゃない、あなたに会いに来たんですよ！　こちらの執事なんか、こう言っちゃなんだが、犬にでも食われやがれだ！

ポポーワ　ごめんなさい、わたくし、そういう物言い、そんな口調には慣れておりませんの。どうかお引き取りください。（足早に退場）

五

スミルノフ（ひとり取り残されて）。

スミルノフ　よくぞ言ってくれたもんだ！　そんな気分じゃありません、だって……。七か月前に主人が亡くなりましたってか！　じゃあ、このぼくは利子を払わなくていいんですか？　あなたにお聞きしてるんですよ、ぼくは利子を払わなくていいんですか？　たしかにお宅のご主人は亡くなられた、それであなたはそんな気分じゃないし、ほかにもどうたらこうたら、……執事もどこかに出かけましただって、そんなこたあ、くそ食らえだ、ぼくはどうすればいいんです？　気球に乗って債権者からとんずら決めればいいってんですか？　あわを食って駆けだして、脳天を壁にがつんとぶつけりゃいいってんですか？　グルズジェフのところに行きゃ、家にはいやしない。ヤロシェーヴィチは雲がくれ、クーリツィンとは罵詈雑言《ばりぞうごん》の雨あられ、すんでのところでやつを窓からおっぽり出すところだった。マズートフは擬似コレラで、ここにやって来たら、「そんな気分じゃございません」。びた一文出す気がないとくる！　それもこれも、全部、ぼくがこれまで甘い顔をしてきたせいだ、ぼくが女々しくって、やわな男だからだ！　連中に甘い顔をしすぎたせいだ！　いいか、いまに見ていろ！　思い知らせてやるからな！　おれを甘く見るんじゃないぞ、畜生め！　ここに居残って、払ってもらうまでテコでも動くもんか！　ブルルッ！　それでなくても、きょうは虫のいどころがわるいんだ！　はらわたが煮えくりかえって、膝はガクガク、息が詰まる……。ああ、なんてこった、体の具合までわるくなってきやがった！　（声をはりあげる）だれかおらんかっ！

六

スミルノフとルカー。

ルカー　（登場しながら）なんのご用で？

スミルノフ　クワスか水を持ってこい！

ルカー、退場。

いいや、こんな道理があるものか！　こっちはなんとしても金が必要なんだ、さもなきゃ首をくくるほかない。ところが、相手は払う気がないとくる。それもこれも、金のことにかかずらう気分じゃないからだとさ！……まさしく、女特有の、スカートの論理とはこのことだ！　これだから女ってものはやだね、話をするのもいやだ。女と話をするくらいなら、火薬のつまった樽に腰かけているほうがましだぜ。ブルルッ！……体じゅうがぞくぞくしてきたぞ、それもこれもあの長い裾に虫唾《むしず》が走るためだ！　女性というものを遠くから見かけようものなら、こちとらこむら返りを起こすんだ。まったく、なにとぞご勘弁をってな。

七

スミルノフとルカー。

ルカー （登場して、水を差し出す）奥様はご病気で、お目にかかれません。

スミルノフ なんだとお、このすっとこどっこい！

ルカー、退場。

病気でお目にかかれません、だと！　上等じゃないか、お目にかかってもらわなくって結構……。このままここに居残って、払ってくれるまで、テコでも動かんからな。一週間病気なら、一週間居座ってやる……。この先一年病気なら、こっちだって一年だ……。いただくものはいただきますからねっ、奥さん！　喪に服していようが、ほっぺにかわいいえくぼを浮かべようが、こっちはびくともしませんからね……。えくぼでだまそうたって、そうは問屋が卸さない！　（窓から声をはりあげて）セミョーン、馬のくつわをといてやれ！　当分は帰らんから！　おれはしばらく居残る！　向こうのうまやで、馬にエン麦をくれてやるよう伝えとけ！　それから、あの馬、左の副馬《そえうま》のやつだ、そいつが手綱にからまりやがる！（口まねをして）なんでもござんせん、だとお……。お前にも、そのなんでもござんせんを食らわせてやろうか！（窓から離れて）ああ、むしゃくしゃする……。この暑さときたら、たまらん、それにだれ一人借金を返そうとしない、きのうの夜はよく眠れなかったというのに、ここに来てみりゃ、喪服の長い裳裾《もすそ》をひきずって、気分がどうたらこうたら……。頭がガンガンする……。ウオッカでもあおらにゃならんかなあ？　飲んだほうがよさそうだ。（声をはりあげて）だれかおらんか！

ルカー　（登場して）なんのご用で？

スミルノフ　ウオッカを一杯持ってこい！

ルカー、退場。

フーッ！（腰を下ろして、わが身をしげしげ見つめる）まったく何をかいわんやだ、なんという身なりだ！　全身ほこりまみれ、長靴は泥だらけ、顔も洗っていなけりゃ、髪はぼさぼさ、ベストにはワラくず……。これじゃ、押し込み強盗が来たと奥さんに勘違いされてもしょうがないや。（あくびをする）こんな格好で客間に押しかけるのはたしかに不作法だな、いや、なにかまうもんか……お客に来たわけじゃない、こちとら借金の取り立てなんだ。借金取りに服装のきまりなんてあるものか……。

ルカー　（登場して、ウオッカを差し出す）ずいぶん、好き放題なさいますな……。

スミルノフ　（プリプリして）なんだとお？

ルカー　いえ、べつに……手前の話で……。

スミルノフ　相手をだれだと思ってるんだ⁉　つべこべ言うな！

ルカー　（わきぜりふ）面倒なやつにたたられたもんだ……こりゃあ難儀だわい……。

ルカー、退場。

スミルノフ　ああ、むしゃくしゃする！　むしゃくしゃして世界中を木っ端《こぱ》みじんに粉砕したいくらいだ……。体の具合までわるくなってきやがった……。（声をはりあげて）だれかおらんか！

八

ポポーワとスミルノフ。

ポポーワ　（伏し目がちに登場）失礼ですが、わたくしひとり身がなごうございまして、人様の声になれておりませんの、大声にはたえられません。きっぱり申し上げますが、どうかわたくしの静かな生活を乱さないでくださいまし！

スミルノフ　金を返してもらえれば、退散しますよ。

ポポーワ　はっきりロシア語で申し上げているじゃありませんか、今は手許《てもと》に自由になるお金はございません、あさっておいでください、と。

スミルノフ　ぼくもはっきりロシア語で申し上げたじゃないですか、ぼくに金が必要なのはあさってではなくきょうなんだ、と。もしきょう金を返してもらえないと、あしたぼくは首をくくらなきゃならんのです。

ポポーワ　手許にお金がないのに、どうしようもないじゃないですか？　わけがわかんない！

スミルノフ　じゃあきょうは返してもらえない？　どうしてもダメですか？

ポポーワ　ええ、どうしても……。

スミルノフ　そういうことなら、返してもらうまで、ここにこうして居残ります……。（どっかと腰を下ろす）あさってにはお返しくださるんですね？　結構だ！　このままあさってまで待たせてもらいます。このままずっといてやる……。（がばと立ち上がって）ぼくはあなたにきいてるんです、ぼくはあすまでに利子を払わなくっていいんですかって？……　まさか、ぼくが冗談を言ってるってお考えじゃ？

ポポーワ　どうか、そんな大声をお立てにならないで！　ここは馬小屋じゃないんですから。

スミルノフ　ぼくがきいているのは馬小屋のことじゃない、あすぼくが利子を払わなくていいのかどうかってことです。

ポポーワ　まあ、女性を相手に口の利き方もご存じないんだわ！

スミルノフ　とんでもございません、ちゃんと心得ていますよ。

ポポーワ　いいえ、ご存じないのよ！　育ちのわるい、野蛮な人ね！　礼儀をわきまえた方なら女性にそんな口は利きません。

スミルノフ　こいつは驚き桃の木山椒の木だ！　ではあなたにどう口を利けばいいとおっしゃるのです？　フランス語ですか？（腹を立て、シューシュー音をたてながら）マダム、ジュ・ヴ・プリ［お願いです］……お金をお支払いいただければ幸甚《こうじん》に存じます……。おお、パルドン、お騒がせいたしまして。本日はなんとよいお天気なのでしょう！　その喪服とてもお似合いでございますよ。（片足をうしろにひいて、うやうやしくお辞儀をする）

ポポーワ　まあ、野暮ったくて、がさつだこと。

スミルノフ　（口まねをして）まあ、野暮ったくて、がさつだこと！　ぼくが女性の扱いを知らないですって！　奥さん、人生でぼくは、あなたがごらんになったスズメの数よりはるかに多くの女性を目にしてきましたよ！　三度女性のせいで決闘で撃ち合い、十二人の女性をすて、九人の女性からすてられたんだ！　そう！　ぼくだって昔はバカをやり、情にほだされ、甘い言葉をささやき、ごきげんを取り、軍隊式に足をそろえて気をつけをしたものです……。恋をしては思い悩み、月を見上げてため息をつき、腑抜けのようになったり、うっとりしたり、さめて冷ややかになったり……。一途な恋をしたこともあれば、狂ったように惚れたこともあった、いやはや、あらゆる恋をしたもんだ。カササギみたいに女性解放論をぶったこともありますよ。この甘ったるい感情のおかげで身上《しんしょう》の半分がた食いつぶしたんだ。でもいまとなってはもう真っ平だ！　このぼくをたぶらかそうたって、そうはいくもんか！　もうたくさんだ！　黒い瞳に情熱的な目、真っ赤なくちびる、ほおのえくぼ、月の光、ひそひそ話、おどおどした息づかい――こんなものはね、奥さん、いまのぼくにはビタ一文の値打ちもないんですよ！　ここにいらっしゃる方はさておき、女性なんてものは、老若をとわず、もったいぶった見栄っ張り、おしゃべりで、いじわるで、骨の髄まで嘘つきで、軽佻浮《けいちょうふ》薄《はく》、料簡のせまい堅物で、血も涙もなければ、鼻持ちならない論理をふりかざす。それじゃ、ここんところはどうかと言うと（と自分のおつむを叩いて）、ざっくばらんに言わせてもらいますが、スカートはいた哲学者よりスズメのほうがよほどましだ！　この詩的な存在というやつをながめてみれば、上等なモスリンの薄布、えもいわれぬ雰囲気、天女もかくやとばかりの神々しさ、賛嘆の嵐。ところがその心の奥底をのぞいてみれば、血も涙もない、ありきたりのワニがいるにすぎない！（椅子の背もたれをつかむと椅子はメリメリと音をたててこわれる）なかでもいちばん鼻持ちならんのは、このワニ、なにをどう勘違いしたのか、愛情こそが自分の得手分野、特権で専売特許だと、勝手に決めてかかっていやがるんだ！えいくそっ、吊したけりゃ、そこの釘に足からさかさに吊されたってかまうものか、そもそも女性ってものは、ちっちゃな犬っころ以外にだれかを愛せるものですか？……女の愛なんてのは、めそめそ泣いたり、ぐだぐだ泣きくずれるだけなんだ！　男が悩み苦しみ、わが身を犠牲にしている最中に女がすることと言えば、しゃなりしゃなりと裳裾を引きずり、せいぜい男の鼻先をつかんで、引きずり回すことでしかない。かわいそうにあなたは女性だから、女の本性はとくとご存じでしょう。正直言ってどうです、誠実で二心がなく、終生変わらぬ愛をつらぬいた女性をごらんになったことがありますか？　ないでしょう！　誠実で、変わらぬ愛をつらぬけるのは、年を食った女かふた目と見られぬブスだけですよ！　恋に一途な女より、角《つの》の生えたネコか白いキツツキのほうがよっぽど見つけやすいでしょうよ！

ポポーワ　じゃあ、あなたは恋愛で誠実で一途なのはだれだとおっしゃるんです？

まさか男性ではありませんよね?

スミルノフ　そうです、男のほうです!

ポポーワ　男ですって!(とげとげしく笑う)男のほうが恋愛で誠実で一途ですって!　またまたご冗談を!(熱くなって)どんな根拠があってそんなことが言えるんです?　男が誠実で一途だなんて!　そこまでおっしゃるなら、私も言わせていただきます。これまで私が知りもし、いまも存じ上げる男性のなかで、いちばん立派だったのは亡くなった私の夫です……。私は一途に、身も心もささげて愛していました。若い、思想をもった女性の愛し方で。私はあの人に、自分の青春も仕合わせも、生活も、財産もささげ、あの人を生きがいに、生け贄《いけにえ》に供される異教の乙女のようにあの人を崇拝していました、が、それがどうでしょう?　男のなかの男と思われたその夫が、それこそ血も涙もないやり方で私をだましつづけていたのです。夫が亡くなってから、机の引き出しいっぱいの恋文を見つけました。生前、ああ思い出すのもおぞましい、夫は私一人を置き去りにし、何週間も家を空けては、私の目の前でよその女を追いかけ回して私を裏切り、私のお金を湯水のように使い、私の思いなど小ばかにしていたのです……。でも、そんなことがあっても、私は夫を愛し、みさおを立て通しました……。それどころか、夫が亡くなってからも、私はみさおを守り、変わらず愛しつづけております。私は永久にこの四つの壁のなかにわが身をほうむり、墓場までこの喪服で通すつもりです……。

スミルノフ　（さげすんだような笑い声をたてて）喪服をねえ！…　わからないなあ、あなたはぼくをどういう人間だとお考えなんです？　どうしてあなたがその黒いドミノの衣装[3]をつけていらっしゃるのか、なぜ四方の壁に囲まれたこの部屋にご自分をほうむってしまわれたのか、ぼくにはその理由はさっぱりわからん！　そりゃあそうだ！　それって、とっても謎めいていて、詩的ですものね！　この屋敷の前を通りかかったどこぞの士官候補生や生半可な詩人が窓からひょいとのぞきこんで、「ははーん、ここに、夫への愛からわが身を四方の壁のなかにほうむった謎の美女タマーラが住んでいるんだな」と考えないともかぎらない。こちとら、そんな策略はとうにお見通しだ！

3　仮面舞踏会用の夜会服。

ポポーワ　（気色《けしき》ばんで）なんですって？　よくもそんなことを！

スミルノフ　あなたは生きたまま自分をほうむったとおっしゃっていながら、ほら、白粉《おしろい》をはたくのをお忘れではないじゃないですか！

ポポーワ　よくもまあ、私にそんな口を！

スミルノフ　まあまあ、そんなに声を荒《あら》らげないで、ぼくはあなたの執事じゃないんだから！　本当のことを言ってなにがわるいんだ。ぼくは女じゃないから、自分の考えをまっすぐに言うんだ。だから、そんなに声を荒らげないでいただきたい。

ポポーワ　声を荒らげているのは私じゃありません、あなたのほうよ！　私のことは、もうそっとしておいて！

スミルノフ　金を払ってもらえば、退散しますよ。

ポポーワ　お金は払えません！

スミルノフ　いいえ、返していただきます！

ポポーワ　こうなったら意地でも、返しません！　もう、そっとしておいて！

スミルノフ　幸い、ぼくはあなたの夫でも許婚《いいなずけ》でもありません。だから、そんなお芝居は抜きでお願いします。（どっかと腰を下ろす）ぼくはそういうのは好かんのです。
ポポーワ　（怒りに声をつまらせて）居座るおつもり？
スミルノフ　そうです。
ポポーワ　お帰りください。
スミルノフ　金を返していただければね……。（わきぜりふ）ああ、胸くそがわるい！
むしゃくしゃする！
ポポーワ　礼儀もわきまえない方とはお話ししたくはございません！　どうぞお引き取りを！

間。

スミルノフ　お帰りにならないの？　どうしても？
ポポーワ　ええ。
スミルノフ　どうしても？
ポポーワ　どうしても！
スミルノフ　そうですか、わかりました！（呼び鈴をならす）

九

先のふたりにルカー。

ポポーワ　ルカー、この方をここからお連れして！

ルカー　（スミルノフに近づいて行って）そういうことですから、どうかお引き取りを！

スミルノフ　（むっくと立ち上がって）だまれ！　相手をだれだと思ってるんだ？　お前なんか、サラダにしちまうぞ！

ルカー　（心臓を押さえて）ひゃー、おったまげた！　おそろしかー！（肘掛け椅子に倒れ込む）ああ、もうだめだ！　息ができない！

ポポーワ　ダーシャはどこなの？　ダーシャ？　ダーシャ！（声を張り上げて）ダーシャ！　ペラゲーヤ！　ダーシャ！（呼び鈴をならす）

ルカー　ああっ！　みんなイチゴ狩りに出払っております……。家にはだれもおりません……。ああ、だめだ！　水を！

ポポーワ　どうかお引き取りを！

スミルノフ　も少しやさしい言い方ができないもんですかね？

ポポーワ　（両のこぶしを握りしめ、両足を踏み鳴らす）野蛮人！　荒くれ熊！　暴れん坊！　化け物！

スミルノフ　なんですって？　なんとおっしゃった？

ポポーワ　荒くれ熊の化け物――そう言ったのよ！

スミルノフ　（にじり寄って）ぼくを侮辱するなんて、あなたにどんな権利があるんだ？

ポポーワ　ええ、侮辱しますとも……それが、どうしたというのよ？　まさか、あなたなんか怖かありませんからね。

スミルノフ　自分が詩的な存在で、人を侮辱しても罪科《つみとが》を問われないと思ってるんだな？　そうだろう？　決闘だ！

ルカー　ひゃー、おったまげた！……おそろしかー！……水をくれー！

スミルノフ　ピストルだ！

ポポーワ　がっしりしたこぶしや、牛みたいな喉をしてるから、私が怖がっているとでも思ってるんでしょう？　そうでしょう？　鼻持ちならない暴れん坊だわ！

スミルノフ　決闘だ！　ぼくを侮辱するなんて、だれであろうと断じて許せん。あなたが女性であろうが、か弱い存在であろうが、そんなのおかまいなしだ！

ポポーワ　（相手の声を打ち負かそうと）熊っ！　熊っ！　熊っ！

スミルノフ　よーしわかった、侮辱に報いるのは男だけだなんて偏見とはこれでおさらばだ！　男女同権というなら男女同権だ、くそっくらえだ！　決闘だ！

ポポーワ　ピストルでいいのね？　受けて立ちますとも！

スミルノフ　ただちに！

ポポーワ　ええ、ただちに！　夫の形見のピストルがあります……。いまここに持って参ります……。（足早に行きかけるが、また戻ってきて）その空っぽのあなたの脳天にズドンと一発お見舞いできるなんてゾクゾクするわ！　地獄に落ちるがいいわ！　（退場）

スミルノフ　あの、あま、ひよっこみたいに撃ち殺してやる！　おれはガキじゃないんだ、そこいらのおセンチな犬っころとはわけがちがうんだ。おれにはか弱い存在なんて存在しないんだからな！

ルカー　おそろしかー！……（ひざまずいて）お願いでございます。どうか、この年寄りを憐れと思って、なにとぞお引き取りを！　死ぬほど度肝をぬかれたかと思やあ、今度は撃ちっくらだなんて！

スミルノフ （ルカーの言葉などおかまいなく）たがいにピストルで撃ち合う、これぞ男女同権、女性解放だ！　こうなりゃ、男も女も同等だ！　こうだと決めたからには、あの女、撃ち殺してやる！　それにしたって、あの女、ありゃなんだ？（口まねをして）「地獄に落ちるがいいわ……その空っぽのあなたの脳天にズドンと一発お見舞いする」かあ。なんという女だ？　ポーッと顔を赤くして、目なんかギラギラ……。こっちの挑戦を受けて立つんだものなあ！　ほんと、あんなのははじめてだ……。

ルカー 旦那、どうか出て行ってくだせえ！　ご恩は一生忘れませんので。

スミルノフ あれこそ、あっぱれな女というものだ！　そいつはおれにもわかる！本当の女だ！　めそめそ女でもなければ、煮え切らない女でもない、ありゃ火だね、火薬だね、打ち上げ花火だな！　撃ち殺すのが惜しいやね！

ルカー （涙声になって）旦那……どうか、お引き取りを！

スミルノフ 断然、気に入ったぞ！　うん、気に入った！　ほっぺにえくぼがあったって、おれは気に入ったぞ！　借金チャラにしてやってもいいくらいだ……そういや、むかっ腹もおさまったぞ……すこぶるつきの女だ！

十

先のふたりにポポーワ。

ポポーワ（ピストルを持って登場）はい、これがピストルよ……。でも、決闘の前に、どう撃てばいいのか教えてくださいませんこと……。私、ピストルを手にしたことがありませんの。

ルカー くわばら、くわばら、お助けを……。庭師や御者をさがしてこよう……。なんでこんな災難にたたられるんだか……。（退場）

スミルノフ（ピストルを点検しながら）いいですか、ピストルにはいくつか種類があって……決闘専用のモーティマーピストル、これは雷管式です。お宅にあったピストルはスミス・アンド・ウェッソン社製リボルバーで、センター・ファイヤー、エクストラクター装備のトリプル・アクションのものです……。すばらしいピストルです！……価格は少なく見積もっても二挺《ちょう》で九〇ルーブルは下らんでしょうね……。ピストルの構え方は、こうです……。（わきぜりふ）ああ、この目ったら！　発火器みたいな女だな！

ポポーワ　こうですか？

スミルノフ　ええ、そう……。次に撃鉄《げきてつ》をあげて……こんなふうに狙いを定める……。頭は少し後ろに！　しっかり腕をのばして……。そうです……。それからこの指でこいつを押さえる……これだけです……。あと、大事な心得としては、あせらないこと、そしてゆっくり狙いを定めること……。腕がふるえないようにすること。

ポポーワ　わかりました……。部屋のなかで撃ち合うのもなんですから、庭に参りましょう。

スミルノフ　そうしましょう。ただし、あらかじめお伝えしておきますが、ぼくは空に向かって撃ちますよ。

ポポーワ　そんな、何をいまさら！　どうして？

スミルノフ　それは……それはですね……どうしてって、ぼくの勝手でしょう！

ポポーワ　怖くなったの？　そうなの？　ああ、そうなんだ！　いいえ、だめです、決めたとおりになさって！　ついていらしてください！　私、あなたの脳天にお見舞いするまで気がすまないんです……ええ、この脳天よ、憎らしくってたまんないわ！　怖じ気づいたの？

スミルノフ　ええ、怖じ気づきました。

ポポーワ　嘘おっしゃい！　どうして決闘がいやになられたの？

スミルノフ　それは……それは……あなたを好きになったからです。

ポポーワ　（とげとげしい笑い声をたてて）私を好きになったですって！　この人、なんてことを言い出すのかしら、私を好きになったですって！　（ドアを指さして）どうぞ！

スミルノフ　（だまってピストルを置くと、帽子を取ってついて行く。ドアの前で立ち止まると、しばらく黙ったままふたりは見つめ合う。やがて、煮え切らない様子でポポーワに歩み寄って）ねえ、どうなんです……。まだお怒りですか？……　ぼくもはしたなくいきり立ってしまいましたが、でもそれは……なんというか……。問題は、ご承知のとおり、こんな行きがかりで、まあいわば……　（声を張り上げて）でも、これがぼくのせいですか、あなたを好きになったって？　（椅子の背もたれをつかむと、椅子がメリメリと音をたててこわれる）。まいったな、お宅の家具はどうしてこうもヤワなんだ！　あなたを好きになったんです！　わかります？　ぼくは……ぼくは、ほれてしまったんですよ！

ポポーワ　どいてちょうだい。私、あなたなんか、大嫌いっ！

スミルノフ　いやはや、ほんとになんという女性だ！　こんなのにはこれまで会ったことがない！　ああ一巻の終わりだ！　破滅だ！　ネズミ取りにかかったネズミだ！

ポポーワ　どいてください、さもないと撃ちますよ！

スミルノフ　撃ってください！　あなたはおわかりにならないんだ、こんな素敵な目に見つめられて死ねるなんてどんなに仕合わせか、このビロードのような小さな手に握られたピストルで命を落とすのがどれほど仕合わせなことか……。ああ、ぼくはもう正気じゃない！　いますぐきっぱり片を付けてください。ぼくがここから出て行けば、ぼくたちはもう二度と会えません！　さあ、きっぱり……。ぼくは貴族です、品行方正な人間で、年収は一万ルーブル……放り投げた一コペイカのコインに弾《たま》を命中させることだってできます……持ち馬だってすごい……ぼくの妻になってくれませんか？

ポポーワ　（こみ上げる怒りに、わなわなピストルをふるわせる）決闘よ！　さあ、撃ち合うの！

スミルノフ　ぼくが正気でなんかあるものか……なにもわからん……。（声を張り上げて）だれかおらんか、水だ！

ポポーワ　（声をはりあげて）決闘よ！

スミルノフ　ああ、気がふれちまった、一も二もなく惚れちまった、これじゃまるでガキだ、バカだ！（女の手をむんずとつかむと、女は痛さに悲鳴をあげる）好きなんです！（ひざまずいて）好きだ、これまでこんなに人を愛したことはありません！十二人の女をすて、九人の女からすてられましたが、あなたみたいに好きになった女性はひとりもいません……。レモンみたいに、シロップみたいに、ぼくはデレデレだ……こうしてバカみたいにひざまずいて、手をさしのべている……。ああ、恥ずかしい、面目ない！　五年間ほれた女はいなかった、誓いも立てた、なのに、よそ様の馬車に突っ込んだ轅《ながえ》みたいに、いきなり恋の罠にどっぷりだ！さあ、お手をください。イエスですかノーですか？　いやなんですね？　もういい！（立ち上がって、足早にドアに向かう）

ポポーワ　お待ちになって……。

スミルノフ　（立ち止まって）なんです？

ポポーワ　なんでもありません、お引き取りを！……でも、待って……。いえ、お帰りになって、どうぞ！　私、あなたなんて嫌いよ！　でも、いや……行かないで！　ああ、ご存じのはずじゃない、私がどんなにあなたに腹を立てているか、そうよ、そうよ！（ピストルをテーブルに投げ出して）こんなものを持ってたので指がはれてしまったわ……（怒りにまかせてハンカチを引き裂く）なに立ってらっしゃるの？　どうぞお引き取りを！

スミルノフ　失礼します。

ポポーワ　ええ、ええ、さようなら！……（声を張り上げて）これからどちらへ？　お待ちになって……。いえ、やっぱり、お帰りになって。ああ、腹立たしいわ！　こっちに来ないで、来ないでったら！

スミルノフ　（女に近づいていって）ぼくは自分に腹が立つ！　中学生みたいに首ったけ、それでひざまずいたりまでして……。体じゅうがぞくぞくする……（ぶっきらぼうに）好きなんです！　あなたにほれる定めだったんだ！　あしたは利子の払いがある、もう草刈りもはじまった、ところがここにあなたって人がいて……。

ポポーワ　（相手の腰を抱き寄せて）われながら、こんなことをするなんて、断じて許せん……。離れてください！　手をどけて！　あなたなんか……大嫌い！　決闘よ！

長い長い接吻。

十一

先のふたりに斧を持ったルカー、熊手を持った庭師、干草用の三つ叉《みつまた》を持った御者、棍棒をかついだ作男たち。

ルカー　（接吻しているふたりを見つけて）あれまあ！

間。

ポポーワ　（伏し目になって）ルカー、うまやに行って、きょうはトビーにエン麦はやらなくっていいって、伝えておいて。

幕

解説

浦 雅春

物語の磁場としての「家」

たとえばこんな話がある。

ある官吏が爪に火をともす生活を送り、せっせと小金を貯めこんでいる。男の夢は田舎に地所を買い、自分の屋敷を持つことだ。それもスグリのある屋敷を。新聞に出る物件の記事を読みあさり、身なりもかまわず、男はひたすら金を貯める。金のありそうな寡婦と結婚もする。それもこれもすべてスグリのある屋敷を手に入れるためだ。めでたく妻が亡くなり、念願の屋敷を手に入れる。やがて庭で栽培したスグリを口に運ぶ。随喜《ずいき》の涙を流さんばかりに男は嘆息する、「うまい！」。だが、実際にはスグリの実は固くてすっぱかった……。（『すぐり』）

あるいはこんな話もある。

中学校の文学教師は新婚ほやほや、幸福の絶頂にある。持参金がわりにもらった新居でのバラ色の生活。学校にいても頭に浮かんでくるのは妻のことばかり。学校がひけると勇んで自宅に駆けもどり、妻にキスの雨を降らせ、やれ愛しているだの、お前なしでは生きてゆけぬと、甘い生活を送っていた。ところが、ひょんなことから自分の幸福がじつに些細で愚劣なものに思えてくる。自分が送っている安穏な生活のほかに別の世界があるのではないか。いや、きっとあるにちがいない。一刻も早くこんな凡俗な生活にケリをつけないと発狂しそうだと教師は焦燥にかられる。(『文学教師』)

それともこんな話はどうか。

二十三歳になる娘がいる。彼女はいまある男と結婚を取り決めたばかりだ。十六のときから結婚にあこがれていたのだから嬉しいはずなのに、なぜだか心は愉しまず、夜もよく眠れない。このまま平凡な結婚生活に入っていいのだろうか。もっとほかの生活があるのではないか。そんな疑念が鎌首をもたげる。自分の送ろうとしている生活は無為で無益なものでしかないのではないか。やがて彼女は結婚を断念し、生まれた家を逃げるように飛び出し、未知の世界に飛び込んでゆく。(『いいなずけ』)

チェーホフには「家」にまつわる話が多い。

チェーホフの芝居を指して「到着」と「出発」に枠取られていると指摘したのは演

劇学者のフランシス・ファーガソンだが、チェーホフの人物が「どこに」到着し「どこから」出発するのかと言えば、やはり「家」だ。『かもめ』『ワーニャ伯父さん』『三人姉妹』『桜の園』など、チェーホフの代表的な戯曲の中心にあるのは「家」もしくは「家庭」だ。そこで語られるのは、安住の地を求めて「家」に帰ってきた人々が「家庭」に波乱を起こし、やむなく「家」をあとにする話であったり、モスクワにあこがれ、ひたすらこの「家」からの脱出を願いながら、ついにその「家」から抜け出せない人々の話であったり、あるいは屋敷が競売にかけられ、住み慣れた「家」を追われる人たちの話なのだ。

人々はあたかも物語を発動させるかのように「家」に帰ってくる。それは傷心した自分をやさしく包んでくれる場所であるかもしれないし、あるいは束縛と不自由の代名詞であるかもしれないが、いずれにせよ「家」は、チェーホフ的物語の基軸をなし、物語を始動すべく人々を招きよせ、人々の関係に変化を引き起こす磁場なのである。『百姓たち』のニコライは故郷を捨てモスクワに出て有名なレストラン「スラヴャンスキー・バザール」に勤めているが、身体の不調からモスクワでの生活をたたみ田舎に帰ってくる。『生まれ故郷で』という小説では、主人公ヴェーラが両親を失ったあと、伯母のいる屋敷に戻ってきて、今までの生活に欠けていたのはこの土地にみられる広さと自由だと思うところから物語ははじまる。『わが人生』の主人公ミサイルは専制的な父親の支配する家を出奔することによって自分の人生＝物語を始動させるのだし、『ある往診での出来事』で不眠に悩む工場の跡取り娘の心には、跡を継がなければならない家のことが心に重くのしかかっていて、こんな家なんか捨てて好きなところに出て行きなさいと背中を押してくれる医師のひとことを待っているのだ。また小説『イオーヌイチ』の主人公が結婚を申し込む相手は、この田舎町から出たい一心で家を飛び出し、都会の音楽学校に通ったものの、夢破れて実家にもどってくるのだし、一方小市民的な生活にどっぷり浸った主人公のイオーヌイチは、失恋の腹いせだとでもいわんばかりに家を買いあさる。

まさに家づくし。どうやら、チェーホフ的物語は「家」という場に設定されないと始動しないらしいのだ。チェーホフがどこまで意識していたかは分からない。しかし、どうやらチェーホフのペンはひとりでにおびただしい「家」という語を書きつけてしまう。しかもその「家」は必ず「庭」とセットになっている。「家」と「庭」が合わさった「家庭」、その語のまわりにチェーホフ的物語は発生するらしいのだ。そうとでも考えなければ、『いいなずけ』に頻出する「家」という事態は説明がつかないだろう。

小説の冒頭、結婚の日取りをきめたばかりの主人公ナージャは、どういうわけか家から庭に出て、そこから家の内部をうかがっているのだし、あれほど結婚にあこがれていた彼女が婚約者に決定的な嫌悪をいだくのは新居と定められた二階建ての家の下見に出かけたときであり、そこで婚約者のアンドレイは将来の夢として、「庭と小川のある小さな土地を買って、仕事をしながら人生を観察しましょう」と語るのである。一方、ナージャにいまの生活を振り捨てて、新しい生活に飛び込めと勧めるサーシャは、将来教養ある人々がふえれば、「堂々たる立派な家々が立ちならび、すばらしい庭園が出現するだろう」と未来を描く。一年近くをペテルブルグで過ごしたナージャが生まれ故郷に帰ってみると、「家々は小さくて平たいように思え」、「家という家がほこりでもかぶっているように見える」。部屋の様子は昔どおりだが、「何かが欠けている。部屋はうつろで、天井が低くなったような気がする」。ナージャは庭や通りを歩きながら、「家々や灰色の塀をながめ」、「こんな家などあとかたもなく消えてしまい、こんな家があったことさえ忘れられ、誰ひとり思い出しもしなくなる」ときがきっと来ると考えるのだ。

かくしてナージャは最後に家を振り捨てて出て行く。いや、ナージャばかりではない。晩年のチェーホフの作品に登場する人物の多くは、帰るべき家、帰属すべき家を振り捨てて出て行く。どこか具体的な目的地があるわけではない「ここではないどこか」、それはきわめてチェーホフ的なテーマだ。行方は知れないが、「いまここ」にたいする否定だけが確然としている。

ところが『桜の園』では、捨てるべき「家」そのものがなくなってしまう。「家」という語のまわりに蝟集《いしゅう》したチェーホフ的物語の行き着く果てにあったのは、とどのつまり「家の喪失」だったのである。

本格戯曲のボードビル化

たいていのチェーホフの解説書には、チェーホフがたわいない滑稽なボードビル(一幕物の笑劇)から『かもめ』や『ワーニャ伯父さん』『三人姉妹』『桜の園』といった深刻で本格的な戯曲に成長していったと書かれている。

チェーホフは生涯に十七本の戯曲を書いたが、うち九本は短い一幕物で、なかでも

『熊』(一八八八年)、『プロポーズ』(一八八八年)、『結婚披露宴』(一八八九年)、『創立記念日』(一八九一年)、『たばこの害について』(一八八六、一八九八、一九〇二年)の五本はボードビルとよばれるドタバタ劇だ。『かもめ』を含むいわゆる四大戯曲がすべて、一八九〇年のサハリン体験以降に書かれていることを考えると、チェーホフはボードビルから本格戯曲に乗り出したと見えないことはない。だが内実はちがう。むしろ事態は逆で、チェーホフが劇作の分野で行ったのは、本格戯曲のボードビル化という逆転だった。母と息子の確執、古くさい芸術と新しい劇作の対立(『かもめ』)、突如未来を閉ざされた中年の憂鬱(『ワーニャ伯父さん』)、それぞれの思いを通わせることができないなかで、はかなく消えていく希望(『三人姉妹』)、これまでの古い生活を捨てざるを得ない状況に追い込まれる人たち(『桜の園』)など、一方でそうした人々の悲劇的な様相を描きながら、チェーホフがそこで示したのは、深刻な表層の奥にある、この世界の「おろかしさ」と「ばからしさ」、すべてを飲みつくすブラックホールのような「ボードビル的世界」だった。

すぐれたチェーホフの回想を残した作家のブーニンは、あるときチェーホフがレールモントフの珠玉の短編『タマーニ』を称賛して、「こんな作品がひとつと、あとすばらしいボードビルが書ければ死んでもいいな」と語ったと伝えている。作家の井上ひさしもチェーホフを扱った戯曲『ロマンス』でこのチェーホフのボードビルへの思い入れを軸にすえている。「生涯に一本でいい、うんとおもしろいボードビルを書きたい」――それが井上版チェーホフ劇をつらぬくテーマだ。もちろんそこには用意周到に井上流「笑いの哲学」が仕組まれている。「笑いというものは、ひとの内側に備わってはいない、だから外から……つまりひとが自分の手で自分の外側でつくり出して、たがいに分け合い、持ち合うしかありません」というのがそれだが、ボードビルの本質の一面をつく、すぐれた解釈になっている。井上ひさしほどには分明に語ってはいないが、チェーホフもまたボードビルをお気軽で能天気な手慰みだとは、けっして考えていなかった。

ボードビルから本格戯曲へという言い方自体、チェーホフにはひどくナンセンスにひびいたにちがいない。チェーホフの作品が転機を迎える一八八〇年代後半、チェーホフは劇作の転換点となった戯曲『イワーノフ』に一八八七年に着手したものの、一八八九年まで何度も手を入れ、それでもなお納得できる戯曲に仕上げられなかった。それはがんじがらめになった主人公イワーノフの主観的世界をチェーホフが容易に脱しえなかったためだ。改稿に改稿をかさねたその過程は、イワーノフという中心がひとつきりしかない一人称的思考の地獄からいかにして脱出するかの格闘の軌跡であった。こうした悪戦苦闘の一方で、チェーホフは一八八八年には『熊』や『プロポーズ』のボードビルを書いていた。あるいは一九〇二年『桜の園』の構想をあたためながら、以前書いたボードビル『たばこの害について』に三度目の手直しをほどこしている。一見すると深刻な戯曲と、表面的には滑稽でドタバタに見えるボードビルを並行して書いているのだ。いや、これはボードビルが息抜きだったことを意味するのではなく、チェーホフにとってボードビルと深刻な四幕物戯曲のあいだには本質的な差異はなかったことを示している、ととらえるべきであろう。チェーホフには『結婚披露宴』が低級低俗で、『桜の園』が高級高尚だとは思えなかった。両者はともに同じ平面にあったのである。

おそらくここに、チェーホフの戯曲を語る際にかならず取り沙汰される「悲劇」か「喜劇」かの問題を解く鍵がある。だがそこに分け入る前に、まずチェーホフの人間理解、「ボードビル的人間観」を腑分けしておこう。

「ハレ」を浸食する「ケ」

チェーホフのボードビルを読んでまず目に飛び込んでくるのは、これらの一幕物がほとんど何らかの儀式を舞台にしていることだろう。『プロポーズ』『結婚披露宴』『創立記念日』では、題名からして儀式性があらわだ。『熊』は題名からはうかがい知れないが、主人公のひとりポポーワは亡くなった夫の喪に服している。つまり彼女も死を悼む儀式のなかにある。

ところがここに登場する人物たちはその「儀式」（べつのことばを用いれば「ハレ」）を貫徹することができない。たとえば『熊』では、未亡人のポポーワは夫の遺影を前に「わたしはお墓に入るまで操を立ててみせる」と大見得を切っているが、そこに自称「女ぎらい」のスミルノフが借金を取り立てにやってくる。支払いをめぐってふたりはなじり合い、はては決闘騒ぎに発展するのだが、争ううちにひかれ合ったふたりは罵倒し合いながら接吻する。

『プロポーズ』のローモフとナターリヤの二人は、結婚の申し込みの儀式そっちのけに、結婚すれば共有財産となる領地や猟犬をめぐって非難の応酬をくりかえし、事態を紛糾させる。また『創立記念日』では、銀行の創立記念の祝賀の席に、銀行とは縁もゆかりもない女がやって来て、理不尽にも不払いの夫の給料を請求する。この話を発端に、そこに軽薄な理事長夫人の無駄なおしゃべりが加わり、帳簿の整理にいそがしい行員の怒りを買う。三つどもえの対立は次第にエスカレートし、祝賀の席は阿鼻叫喚の修羅場と化す。

『結婚披露宴』では、冒頭から花婿が約束がちがうと持参金にいちゃもんをつけ、挨拶に立った客は場違いにも電気の効用を説くかと思えば、招待客のギリシア人が奇妙奇天烈なロシア語の演説をぶち、あげくの果てには見栄のために招かれた将軍が難解な航海用語をふりかざして一同を恐慌におとしいれる。

彼らは「非日常」であるべき「ハレ」をまっとうできない。「ハレ」の場に「ケ」を持ち込み、「非日常」と「日常」を区別しえない。「非日常」と「日常」の混在、「ハレ」と「ケ」の同居、「聖」と「俗」の混淆《こんこう》、「論理」と「非論理」の境界のなさ――それは日常の論理を超えた不条理＝アブサードの様相を呈するだろう。チェーホフのボードビルの人物が抱え込んでいるのは、そうした論理を超えた混沌・混乱・支離滅裂なのだ。

いや、それはボードビルに限ったことではない。

チェーホフはトルストイやドストエフスキーのような長編小説を書かなかった。それは彼がもはや先行世代のロシア作家のように盤石の「大きな物語」を持ちえなかったためだ。そのためチェーホフの小説では、思想やイデアが純粋な形でたたかわされることがほとんどない。ドストエフスキーの人物たちは、いったん自分の思想なりイデアを語りはじめると、いとも簡単にイデアの世界に飛翔し、世俗的な日常を置き去りにする。ドストエフスキーの小説の表層をおおうのは、きわめて濃密なロゴスの対立だ。

ところがチェーホフではそうはいかない。議論をたたかわせていても、そこにかならず日常が闖入《ちんにゅう》する。形而下の日常の些事が入り込む。たとえば『中二階のある家』で社会の改革をめぐって主人公の画家と、農民の生活の改善に向けて地道な活動をつづけている女性リーダが議論をたたかわせる。だが、そうした思想的対立を描きながらも、チェーホフの目は登場人物のひとりがテーブルクロスにこぼしたソースのしみを見のがさない。あるいは、『かわいいひと』で愛する者を失ったオーレニカの孤独を語る場面でも、チェーホフは「父親はずいぶん昔に亡くなり、例の肘掛け椅子は、一本の脚が欠けたまま、埃をかぶって屋根裏部屋にころがっている」と書きつける。

椅子の脚が一本欠けていることなどどうでもいいのだが、チェーホフのペンはそれを書きつけてしまうのだ。余計な些事、過剰な細部のついでに言っておけば、『桜の園』に登場するシャルロッタの行動も奇っ怪だ。第二幕の冒頭、自分の存在のあいまいさ、アイデンティティの不安を語る彼女は、突如キュウリを取り出して、それをかじる。ある人物の性格なり本質を伝えることに主眼があるのなら、このような説明はかえって余計だ。作品のそこここに見られる余計な些事と無用なディテール。どうやらチェーホフはそうした逸脱する細部、過剰な装飾こそ不可欠だと考えていたようだ。混じりっけのないイデアの世界ではなく、イデアの生成する具体的な場こそチェーホフには重要なのである。

チェーホフ研究者のチュダコフに言わせれば、チェーホフは思想を描かなかった、描いたのは思想そのものではなく、思想の「オントロジー」であったという。オントロジーとは「存在論」という意味だが、チェーホフは人々の思いや想念や、思想や観念が立ちあらわれる「場」をこそ問題にしたのである。

ボードビル的人間観

純粋なイデアではなく形而下の場の日常が問題になるとすれば、当然そこから導き出される人間も単一単純なカテゴリーではくくれなくなる。戯曲に話をしぼっても、後年になるほどチェーホフの芝居には一義的には理解できない人物が多く登場する。なんだか奇妙で、どことなくいびつで、滑稽としか言いようのない人間。つまり、特定の型には収まりきらない、雑多な要素と多面的な側面をはらんだ人間が出てくるのである。それをかりにここでは「ボードビル的人間」と名づけておこう。

『かもめ』や『ワーニャ伯父さん』ではまだそれほどでもないが、『三人姉妹』あたりから徐々にわけの分からない、奇妙な「ボードビル的人物」が登場する。

たとえば『三人姉妹』に登場する軍医のチェブトゥイキンはその好例だろう。この男、医者でありながら大学を出てから本一冊読んだこともなく、読むものと言えば新聞だけ。事実いつもポケットに新聞をしのばせているのだが、これがまた古い新聞ばかりで、世の中の動きを知るにはまるで役に立たない。読むのは抜け毛対策やクワスの作り方、遠い昔に結婚したバルザックの記事と、およそ現実とは縁がない。どうやら医者としての倫理もどこかに置き忘れてしまったらしく、トゥーゼンバフ男爵とソリョーヌイの決闘に荷担し、「男爵が一人多かろうが少なかろうが——どうでもいいんじゃないか」とうそぶき、恬《てん》として恥じる気配もない。さらには酔っ払うと、「ひょっとしたら、わしは人間なんかじゃないのかもしれん。（……）歩いたり、食ったり、眠ったりしているような気がしているだけかもしれん。ああ、いっそのこと存在しないのであればなあ」と、おのれの破綻を嘆くばかりだ。チェーホフがそのネタ帳とでもいうべき「手帖」に書きつけた「自分が幽霊だと思って気が狂った男」を地で行くような男だ。

あるいは、ヴェルシーニンに思いを寄せる妻の揺れる心の内を十分に知りながら、道化てみせることしかできないクルイギンにも、姉妹の希望の星から俗物の亭主に成り下がりながらも、自分が姉妹たちの期待を裏切った罪悪感をぬぐえないアンドレイにもボードビル的人間は巣くっている。それどころか、芝居のなかでしばしば二〇〇年後、三〇〇年後の世界に思いを馳せるヴェルシーニンにもボードビル的人間が影を落としている。地に足のつかない未来への夢想とは裏腹に、気のふれた妻と二人のいたいけな娘をかかえるヴェルシーニンは、きわめて散文的な日常に足をすくわれているのだ。

それにしても、チェーホフのボードビル的人間観は何に由来するのか。

一八九〇年、チェーホフは唐突にサハリンに旅立った。それが前年に書いた『退屈な話』でチェーホフが露呈させた精神的危機に関わることはまちがいない。仮死の旅路ともいえるサハリンでチェーホフは根源的な転機を迎えた。ひとつは先にもふれた『イワーノフ』の一人称的世界からの脱却。チェーホフはサハリンで世界の中心はひとつではないと確信したのだ。それはしごく当たり前の発見だが、その後のチェーホフの作品を決定的に変えていく。

一九世紀ロシアの流刑地であったサハリンの現実はチェーホフの想像を絶するものだった。サハリンは政治犯や思想犯はもちろん、殺人、強盗、放火で罪を問われた罪人が収容される島だった。「地獄を見ました」とのちにチェーホフは手紙のなかで語っているが、ここでは年端もいかない少女が売春に走り、家畜と人間がひとつ床に雑居し、ひるひなかから公然と囚人に鞭打ちの刑が行われていた。おそらくチェーホフはこれまで暮らしてきたモスクワの尺度では測れない現実があることに目を開かれたにちがいない。モスクワだけが現実なのではない、サハリンも現実であれば、旅の途上に立ちよったシベリアの寒村もやはり現実なのだ。現実は遍在する。現実が遍在するなら、中心もまた遍在する。中心はけっしてひとつではない。遍在する中心はもはや中心とは言えない、「中心の喪失」である。『退屈な話』で老教授が見舞われた存在の意味の喪失、「中心の喪失」をまざまざとチェーホフはサハリンで目の当たりにした。しかも「中心の喪失」はサハリンでは何ら悲劇的な様相を帯びることなく、日常の様態として存在した。「中心の喪失」を悲劇として嘆くのではなく、ありきたりの人間の条件として受け入れる。そのことをチェーホフはサハリンで発見した。

ひとつの中心ではなく遍在する中心から世界を見ること——一九世紀末ロシアにおける「大きな物語」の崩壊がチェーホフに突きつけたのも、本質的にはその問題だった。ひとつの中心しか持たない「大きな物語」はついえ、散り散りに分裂したちっぽけな世界にしかリアリティが感じられないのがチェーホフが生きた時代だった。まじりっけのない理念で成り立つような世界はもはやない。ひとつの理念でつくせる人間も存在しない。真・善・美などといった理念は抽象化された観念のなかにしか存在しない。世界も人間も雑多な不純なものをかかえこんでいる。真と虚、善と悪、美と醜の混在こそ、世界と人間のありようなのではないか。「ボードビル的人間観」とはそれらを包摂する概念だ。

『桜の園』

『桜の園』にはこれまでの作品にもましてボードビル的人間が深く入り込んでいる。先にチェーホフの戯曲の深まりが深刻化ではなくボードビル化の方向をたどったと書いたのもその意味だ。しかも特徴的なことに、奇妙、滑稽を通り越して奇っ怪な人物が多くなる。

まわりから「二十二の不仕合わせ」とあだ名され、毎日何かしら災難が起きるというエピホードフは、この男で屋敷の執事が勤まるのかと思えるくらい不可解な人物だし、しじゅう金策に奔走している地主のシメオーノフ＝ピーシチクは、話している最中いきなりいびきをかいたかと思うと、すぐさま目を覚まし、何事もなかったかのように話を続ける。先にもふれたシャルロッタはこの屋敷の家庭教師だというふれこみだが、素性は知れず、彼女自身「自分はどこの誰だか分からない」と自己の不安を語りながら、いきなりキュウリをかじりだすという奇っ怪さを発揮する。ラネフスカヤの兄であるガーエフは五十一歳だというのに、いきなり書棚相手に得々と演説をぶつかと思えば、あめ玉をしゃぶる子供だ。たしかに変な人間ばかりだ。その点では、まさにボードビルにお誂《あつら》え向きの人物なのだが、『桜の園』ではボードビルにはふさわしからぬ人物にまでボードビル的特徴が付与されている。

万年大学生のトロフィーモフは何度か大学を放校になっている。検閲との関係ではっきりとは書かれていないが、明らかに政治運動にからんでいたことがうかがえる。それを裏付けるように、彼ひとりが芝居のなかで高邁な理想を語り、アーニャの生き方を変える。そんな彼が第三幕で昔の男への未練を断ち切れないラネフスカヤをなじる場面がある。「いつまでも自分をだますことはできません。せめて人生に一度、現実を直視することです」、「あの男はあなたをしぼりつくした悪党」だとまで言い切る。二人はしだいに激高してなじり合い、トロフィーモフは「もうあなたとは絶交だ！」と捨てぜりふを残して、部屋を飛び出てゆく。

ところが、つづくト書きは……。「誰かが控えの間の階段を駆け上がっていくのが聞こえるが、突然大音声とともに転げ落ちる」。真面目で信念の固まりのような、堅物のトロフィーモフは、ぶざまに階段を転げ落ちる。高まった心理的緊張は一挙に霧散する。深刻な場面はもののみごとに笑劇に転落するのである。どうしてわざわざチェーホフはこんなト書きを書き加えるのか？

第二幕の終わりでアーニャとふたりきりになったトロフィーモフは自分の信念を吐露する。アーニャたちが送っている生活は農奴たちの犠牲の上にあぐらをかいた罪深いもので、こんな古い庭なんか捨ててしまいなさい、このロシア全体がぼくらの庭なのだから。家など捨てて自由になって、希望に燃える未来に向かって前進しよう。「前進せよ！　遅れるな、友よ！」と熱弁をふるう。この呼びかけにアーニャはなんと答えているか？「すてきだわ、その言い方！」というのだ。これも違和感をさそうせりふだ。トロフィーモフの信念に共感するなら、もっとべつの言い方があるはずだが、チェーホフはトロフィーモフが語る理想に水をさすような態度をアーニャに取らせているのである。

ロパーヒンもボードビル的状況と無縁ではない。ガーエフからは「がさつで、損得ずくの男」だと言われているが、チェーホフは推敲の過程でロパーヒンの誠実さを前面に押し出すように書き改めている。第四幕でトロフィーモフがロパーヒンに、「やっぱりぼくは君のことが憎めない。君は繊細でやさしい指をしている。まるで役者みたいだ。君は繊細でやさしい心の持ち主だ……」と語るのはその一例で、ロパーヒンの一面的理解を避ける操作をほどこしている。さらに、一面的な解釈を回避するためだろう、第三幕ではこんな細工がなされている。

桜の園の競売にどう片が付いたか、みんなが気をもみながらガーエフとロパーヒンの帰りを待ちわびている。そこにようやくロパーヒンが戻ってくる。あとにつづくのは、農奴のこせがれだったロパーヒンがついにこの桜の園を手に入れたことが明かされる重要な場面、この芝居いちばんの勘どころだ。そこにロパーヒンが入ってくる。ところが、この新しい桜の園の主人を迎えるのは、ワーリャが振り下ろす杖の洗礼だ。エピホードフに殴りかかろうと待ち構えていたワーリャの振りかざす杖は、みごとロパーヒンの脳天を見舞うのである。どうしてチェーホフはこの芝居いちばんの劇的効果をそこなうようなまねをするのか？　これ見よがしのドラマティズムを避けるためだとしか考えられない。チェーホフにしてみれば、まじりけのないドラマティズムなど嘘っぱちとしか映らないのだろう。それにストレートな劇的緊張がボードビル的世界にそぐわないのは言うまでもない。

死者の目

とはいえ、誤解がないようここで言い添えておくと、なにもボードビル的人物が前面に出てきていることをとらえて、チェーホフの芝居が「コメディ」だと言いたいわけではない。

　たしかにチェーホフは『桜の園』については最初からコメディであることにこだわっていた。最初の構想を得たのはモスクワ芸術座で『三人姉妹』が好評をもって迎えられた一九〇一年のことだが、そのときチェーホフはのちに妻となるクニッペルに、「今度書く戯曲は、きっと滑稽な、少なくとも構想の点でとても滑稽なものになるにちがいない」（一九〇一年三月七日付）と書き送り、つづく手紙でも「芸術座のために四幕物のボードビルかコメディを書いてみたい」（一九〇一年四月二十二日付）と、はっきりとコメディだと謳っている。ほぼ原稿が出来上がったのは一九〇三年のことで、スタニスラフスキーの妻で女優のリーリナに宛てた手紙でも、完成にこぎつけた戯曲にふれて「出来上がったものはドラマではなくコメディです。ところどころ笑劇でさえあります」（一九〇三年九月十五日付）と書いていて、あくまでもコメディに固執している。

　これらの手紙を含めて、チェーホフはことあるごとに『桜の園』はコメディだと釘をさしていたのだが、出来上がってみると、周囲の人間にはこれがコメディだとは理解されなかった。とくに演出にたずさわったスタニスラフスキーはまったく納得しなかった。送られてきた原稿を読んですぐにスタニスラフスキーはチェーホフに書き送っている。「私は女のように泣きました。泣くまいと思っても、こらえきれませんでした。『いいかね、これは笑劇だよ』とあなたはおっしゃっているそうですが……。いいえ、普通の人間にとっては、これは悲劇です」（一九〇三年十月二十二日付、スタニスラフスキーのチェーホフ宛の手紙）、と。

「誤解にはじまり、誤解に終わる」とはチェーホフがみずからの戯曲の運命についてもらした感想だが、誰が読んでも悲劇としか思えない戯曲を書いておきながら、ひとりチェーホフだけがこれをコメディと言い張るのだから、誤解が生じるのも無理はない。「喜劇」か「悲劇」か、これはスタニスラフスキーら同時代の人間ばかりか、のちのちまでも研究者を悩ませつづけた問題だ。

言うまでもなく『桜の園』はチェーホフが手がけた最後の作品である。女優である妻をモスクワに残し、ひとり南のヤルタの地で、チェーホフは文字通り命を削る思いで最後の作品を書いていた。一九〇三年に入ると、宿痾《しゅくあ》とでもいうべき結核の病状は日に日に悪化し、身体が衰弱し、咳は止まらず、ペンを執るのもままならないこともしばしばだった。一日に四行書ければいいほうで、最後の力をふりしぼるように『桜の園』を書きついだ。ほぼ原稿が出来上がると、十月の末、医者の制止を振りきって、チェーホフは身体にわるい悪天候のモスクワに出かけ、戯曲の最後の手直しをした。明けて一九〇四年一月十七日、チェーホフの誕生日の日、『桜の園』は舞台初日を迎えた。本人は病床にふしていて、初日に出かけるつもりはなかったが、第二幕が終わったところでネミロヴィチ＝ダンチェンコから呼び出しを受けて劇場に向かった。

第三幕が終わってチェーホフは舞台に呼び出された。その日はチェーホフの作家生活二十五周年の祝いもかねていた。祝辞を受けているあいだも、チェーホフは死人のように青ざめ、咳が止まらなかった。「見ているわれわれのほうが胸を締めつけられた。（……）式典は盛大だったが、重苦しい印象を残した。お葬式のようで、心のなかにぽっかり穴が空いたようだった」とスタニスラフスキーが感想を残している。

話を『桜の園』にもどそう。芝居の最後に、登場人物としてはさして重要とも思えない召使のフィールスが登場する。どうやら身体の具合がわるく、見るからに死期が近いことがわかる。このフィールスにチェーホフはこう語らせている、「こうしてお迎えが来たって、なんだか生きた気がしないなあ……」と。

体力を消耗し、日に日に悪化する病状のなか、チェーホフはこれが自分の遺作になることを確信していた。ソファに横たわり、死を迎えようとするフィールスを描きながら、チェーホフはそのフィールスに自分の姿を重ねていたにちがいない。チェーホフの目はフィールスの目に重なっていた。いや、もともとチェーホフの目はフィールスの目であった。少なくともサハリン以降、チェーホフの目はフィールスの目を獲得していた。その目とは「死者の目」、この世とはもう縁が切れているが、まだこの世界に参加している目だ。

もちろんこの目はフィールスにのみあてはまるわけではない。『桜の園』に至る前にもこの目は、それとなく作品に仕込まれていた。劇作家の坂手洋二は自身の『現代能楽集　かもめ』においてこの目＝死者のことを舞台にかけている。チェーホフの『かもめ』は冒頭、メドヴェジェンコがマーシャに話しかける、「あなたはいつも黒い服をお召しですが、どうしてです?」というせりふではじまるのだが、坂手はこれを、「こうしてみんな喪服だと、君がいつも黒い服を着ているとは、誰も気づくまい」というせりふに変えている。全員が喪服であるということは、ここに出てくる登場人物がすべて死者だということだ。この芝居全体を死者の目でながめるというのは、考えてみれば意表をつく発想で、坂手の慧眼には脱帽するほかない。

事実、チェーホフの作品には、「死者の目」をすけて見させる箇所がいくつかある。『三人姉妹』で決闘に赴くことになったトゥーゼンバフは、その死を予感したかのように、残していくイリーナに次のように語りかける、「おや、あの木は立ち枯れてますね。それでもほかの木と一緒に風に揺れている。たとえぼくが死んでも、ぼくもあんなふうになんらかの形で、きっとこの生活の仲間入りをするんだろうな。さようなら、ぼくのイリーナ……」。すでにここにトゥーゼンバフが死者として立ちあらわれている。死せる者が生者とともにある世界、死によって死者をこの世界から排除するのではなく、死者とともにある世界のあり方が顔をのぞかせている。これは二〇一一年の3・11を経験したわれわれにも近しい感覚だろう。

『桜の園』にも死者は登場する。第一幕でパリから戻ったラネフスカヤが、一面真っ白な花びらでおおわれた庭をながめていると、そこに亡くなった母親があらわれる。「見て、亡くなったお母さまがお庭を歩いていらっしゃる……白いドレス姿で！（こみ上げるうれしさに笑い出して）あれ、お母さまよ」。もちろんこれは目の錯覚だと片づけられるが、むしろここもやはり死者が来臨していると受け取るべきだろう。誰かしらの心のなかや、記憶のなかにある亡き人ではなく、いまこの場にまざまざと存在する死者と見るべきだろう。それというのも、さらにこの作品では死者の目についてありありと語るくだりがあるためだ。

第二幕の終盤、トロフィーモフはアーニャに彼女の送っている生活がいかにいびつであるか、いかに過去をないがしろにしたものであるかを説いて聞かせる。それはこんな言葉で語られる。

いいかい、アーニャ。君のお祖父《じい》さんもひいお祖父さんも、君の先祖はみんな、生きた農奴を所有する農奴制の支持者だった。この庭のサクランボの実のかげから、サクランボの葉っぱのかげから、その木の幹のかげから、何やら人影がじっと君を見つめているような気がしないかい、君にはその声が聞こえないかい……。

サクランボの実のかげからじっとこちらを見つめている死者の目。トロフィーモフはその目をありありと感じている。トロフィーモフの「気がしないかい、聞こえないかい」という問いかけの裏には、「君にも見えるはずだ、聞こえるはずだ」という強い肯定がある。ラネフスカヤの今は亡き母親も、この土地に縛られ亡くなっていった農奴も含め、死者たちはこの世界に参加し、人々の行動を見まもっているのだ。この死者の目にこの「桜の園」はどう映るのか、ここに生きている人たちの生活はどう映るのか。『桜の園』で提起されているのは、そうした切迫した問いかけだ。

チェーホフは本来、目の前にある現実にたいして短絡的にことの善し悪しを論じることはなかった。自分の個人的な好き嫌いすら口にすることをしなかった。だが、死と向きあいながら『桜の園』を執筆するなかで、死線を踏み越え、すでにフィールス同様、死者の目でここに生起する出来事をながめていた。その目にこの「桜の園」で起きる事態はどう映るのか？

『桜の園』という芝居は従来のチェーホフ劇とはちがう。抱いていた夢がこわれるとか、中年に至って自分が送った人生の無意味を知るだとか、あこがれていた生活の夢が破れるとか、時間の経過のなかでの人や生活の変化が問題にされているわけではない。それまでの戯曲と『桜の園』が決定的にことなるのは、「デッドエンド」が設定されていることだ。八月二十二日、桜の園が競売に付される日。『かもめ』のトレープレフはひと思いに自殺という手段で決着をつけた。『ワーニャ伯父さん』のワーニャはいつ果てるともない長々しい生をシジフォスのように生きていくだろう。『三人姉妹』の姉妹たちはまたぞろ成算のない、はかない夢でその人生を埋めていくのだろう。

ところが『桜の園』に登場する人たちには茫漠とした未来に自分の生を仮託《かたく》する余裕はない。八月二十二日までに決然とした行動をとらなければならないのだ。具体的な行動を迫られながら、彼らは何をしたか、どんな行動をとったのか？　この人たちはなすすべもなく、芝居の冒頭設定された日を迎えるだけだ。ただ手をこまねいて悲劇の日を迎えるだけだ。もちろんラネフスカヤもガーエフもそれなりに煩悶したにちがいない。だが、はた目にはなんと悠長に見えることか。「ちゃんとロシア語で申し上げているじゃありませんか、この領地は競売にかけられるんだと。それなのにお二人とも何も理解しようとなさらない」とロパーヒンが言うように、なんとも能天気な人間たちにしか見えないのである。すくなくとも「死者の目」から見れば……。先にも書いたように『桜の園』では死者はこの世に来臨している。だが彼らはこの世の人の営みに介入したり、関与することはできない。できるとすれば、ただ人々に寄り添い、その所業をながめやることでしかない。介入も参与もなくながめやるとは無限の距離からながめることだ。寄り添っていても、そこには触知《しょくち》をこばむ無限の距離がある。

作家のナボコフはほとんど箴言《しんげん》らしい言辞など弄することがない作家だが、あるエッセイでこんなことを書いている。「現実がときに陰鬱に見えるとすれば、それは近視のせいだ」と。あまり対象に近づきすぎては対象は見えない。距離を無化して対象に寄り添いすぎると悲劇しか見えてこない。

ラネフスカヤやガーエフに寄り添っていた目をぐっと引いてロングで見てみよう。ロングに引かれた目から見れば、無限の距離をおいて見れば、この世に生起する事象はもはや悲劇でも喜劇でもない。ただ、脈絡もなく出来事が生起するだけだ。

チェーホフのいう「コメディ」という言葉を杓子定規に取る必要はないだろう。悲劇に転化することに予防線を張るために、「コメディ」という言葉でチェーホフは距離を介在させたのである。

すでにお分かりだろう。「死者の目」といい「無限の距離」といい、実はこうした目は先にもふれたサハリンで獲得した「遍在する中心」から見る目にほかならない。そしてチェーホフはその「死者の目」とともに、これまで彼の作品の起点であった「家」をも彼方《かなた》に運び去ってしまったのである。

チェーホフ年譜（日付は旧暦）

一八六〇年一月一七日
父パーヴェルと母エヴゲーニヤの三男として南ロシアのタガンローグに生まれる。家族構成は、長男アレクサンドル（作家、一八五五～一九一三）、次男ニコライ（画家、一八五八～一八八九）、四男イワン（教師、一八六一～一九二二）、長女マリヤ（教師、一八六三～一九五七）、五男ミハイル（作家、一八六五～一九三六）、次女エヴゲーニヤ（一八六九～一八七一）。

一八七八年　一八歳
この頃、戯曲『父なし子』を書く。

一八七九年　一九歳
九月、モスクワ大学医学部に入学。

一八八〇年　二〇歳
デビュー作『隣の学者への手紙』、『小説の中でいちばん多く出くわすものは？』など。

一八八一年　二一歳
一月二八日、ドストエフスキー没。三月一日、アレクサンドル二世暗殺。

一八八二年　二二歳
『生きた商品』『咲き遅れた花』など。

一八八三年　二三歳
医学論文『性の権威史』の構想。『小役人の死』『アルビヨンの娘』『太っちょとやせっぽち』など。

一八八四年　二四歳
六月、モスクワ大学医学部を卒業。最初の作品集『メルポメネ物語』。一二月、最初の喀血。
『カメレオン』『かき』、長編『狩場の悲劇』など。

一八八五年　二五歳
一二月、ペテルブルグで大歓迎を受ける。
『馬のような名字』『下士官プリシベーエフ』『老年』『悲しみ』など。

一八八六年　二六歳
三月、グリゴローヴィチから激励の手紙。五月、第二作品集『雑話集』。
『ふさぎの虫』『悪ふざけ』『アガーフィヤ』『泥沼』『ワーニカ』『たばこの害について』など。

一八八七年　二七歳
一一月、コルシ劇場で戯曲『イワーノフ』上演。
『ヴェーロチカ』『ある邂逅』、一幕物『白鳥の歌』など。

一八八八年　二八歳
一〇月、『イワーノフ』の改作に着手。学士院よりプーシキン賞授与。
『ねむい』『広野』『ともしび』『名の日の祝い』『発作』、一幕物ボードビル『熊』『プロポーズ』など。

一八八九年　二九歳
一月、アヴィーロワとの出会い。アレクサンドリンスキー劇場で『イワーノフ』改訂版上演。六月、次兄ニコライの死。一二月、アブラーモワ劇場で『森の主』を上演、酷評される。
『退屈な話』、一幕物『結婚披露宴』など。

一八九〇年　三〇歳
四月二一日、サハリンに向け出発。七月一一日から一〇月一三日までサハリンに滞在、流刑地の実態調査。
『シベリアの旅』『泥棒たち』『グーセフ』など。

一八九一年　三一歳
三〜四月、「新時代」紙社主スヴォーリンと南欧旅行。年末から翌年にかけて飢饉による難民救済に奔走。
『女房ども』『決闘』、一幕物『創立記念日』など。

一八九二年　三二歳
一月、アヴィーロワと再会。三月、メリホヴォに転居。夏、コレラ流行のため医者として防疫に尽力。
『妻』『浮気な女』『追放されて』『隣人たち』『六号室』『恐怖』など。

一八九三年　三三歳
『サハリン島』の連載開始（〜九四年）。
『無名氏の話』など。

一八九四年　三四歳
九〜一〇月、ヨーロッパ旅行。
『黒衣の僧』『女の王国』『ロスチャイ

ルドのバイオリン』『学生』『文学教師』など。

一八九五年　三五歳
二月、アヴィーロワを訪問。八月、はじめてトルストイを訪ねる。一一月、戯曲『かもめ』執筆。年末ブーニンと知り合う。
『三年』『おでこの白い犬』『アリアドナ』『殺人』『首の上のアンナ』など。

一八九六年　三六歳
八月、私財を投じてメリホヴォ近郊のタ－レジ村に学校を建設。一〇月、アレクサンドリンスキー劇場で『かもめ』の初演、不評に終わる。『森の主』を『ワーニャ伯父さん』に改作。
『中二階のある家』『わが人生』など。

一八九七年　三七歳
私財を投じてノヴォセルキ村に学校を建設（七月落成）。三月、食事中に大喀血、入院。九月、転地療養のためニースに滞在。
『百姓たち』『生まれ故郷で』『ペチェネーグ人』『荷馬車で』など。

一八九八年　三八歳
一～二月、ドレフュス事件をめぐってスヴォーリンと対立。二月、故郷のタガンローグ図書館にフランス文学図書三〇〇冊余りを寄贈。九月、創設されたモスクワ芸術座の稽古場で未来の妻オリガ・クニッペルを知る。一〇月、父パーヴェル死去。ヤルタに別荘地を購入。一一月、ゴーリキーとの文通はじまる。一二月一七日、モスクワ芸術座で『かもめ』初演。
『知人の家で』『イオーヌイチ』『箱に入った男』『すぐり』『恋について』『ある往診での出来事』など。

一八九九年　三九歳

一月、作品の版権をマルクス出版社に売却。三～四月、ゴーリキーとの交流深める。四月、クプリーンと知り合う。モスクワでオリガ・クニッペルとの親交を深める。五月、アヴィーロワと訣別。一〇月、モスクワ芸術座で『ワーニャ伯父さん』初演。
『かわいいひと』『新しい別荘』『犬を連れた奥さん』など。

一九〇〇年　四〇歳

一月、トルストイ、コロレンコらとともに学士院名誉会員に選出される。八月から『三人姉妹』を執筆。この頃さかんにオリガ・クニッペルと文通。
『谷間』『クリスマス週間』など。

一九〇一年　四一歳

一月、モスクワ芸術座で『三人姉妹』初演。五月、オリガ・クニッペルと結婚。八月、遺書を作成。秋、ゴーリキー、トルストイ、バリモントらと交遊。一二月、喀血。

一九〇二年　四二歳

四月、妻オリガの入院騒ぎ。八月、ゴーリキーの学士院名誉会員取り消しに抗議し、コロレンコとともに名誉会員を辞退。九月、『たばこの害について』をボードビルに改作。一〇月、『いいなずけ』執筆。『僧正』など。

一九〇三年　　四三歳

一月、肋膜炎を発病。夏から『桜の園』を執筆、一〇月に脱稿。一二月、『桜の園』上演に立ち会うため、病をおしてモスクワに出向く。最後の小説『いいなずけ』発表。

一九〇四年　　四四歳

一月一七日（チェーホフの誕生日）、モスクワ芸術座で『桜の園』初演。二月、ヤルタに帰るが、咳と下痢に苦しむ。五月、病状が悪化。六月、療養のため妻オリガと南ドイツの鉱泉地バーデンワイラーに出発。病状は好転せず、七月二日、医者に「イッヒ・シュテルベ（私は死ぬ）」とドイツ語で告げたあと永眠。遺体はモスクワのノヴォデーヴィチー修道院の墓地に葬られた。

訳者あとがき

昔から、もしチェーホフの翻訳をする機会があれば小説を訳すのだろうなと、自分では思っていた。大学院でチェーホフを研究していたときも、戯曲はほとんど読んでいなかった。むしろ敬遠していた。苦手だったのである。知り合いが舞台に立っていたりすると、ぼくはもう恥ずかしくて、いたたまれない気持ちにさせられた。オペラを理解しなかったトルストイとおなじで、この芸術が分からなかったのである。いや、いまだって大して分からないが。

そんな芝居音痴がチェーホフのおもな四つの戯曲、『かもめ』『ワーニャ伯父さん』『三人姉妹』『桜の園』を訳してしまったことになる。

芝居だから舞台でもそのまま使えるせりふにしたつもりだが、はたしてどこまで成功しているのやら。小説の翻訳なら漢語的な表現を使っても目で追えるから分かるが、舞台のせりふは音だけで意味を伝えなければならない。そのためそれなりの苦労はしたつもりだ。

この本では『桜の園』と一幕物のボードビルをカップリングした。チェーホフ自身、この芝居を重々しく演出したスタニスラフスキーに業を煮やしたのは有名な話だ。第四幕は十二分ですむところを芸術座は四十分もかけやがって、とチェーホフは憤慨していたようだ（一九〇四年三月二十九日付、クニッペル宛の手紙）。

チェーホフは深刻な芝居と軽佻浮薄な（と考えられている）ボードビルのあいだに差異をおいていなかった。それを知ってもらうために、『プロポーズ』と『熊』を本書に収め、長めの解説までつけた。チェーホフのボードビルはもっと知られていいと思う。『結婚披露宴』と『創立記念日』のボードビルは、『チェーホフ傑作選　馬のような名字』（河出文庫）に収められている。

『桜の園』を訳しながら、ちょっぴり感傷的な気分におそわれた。これがチェーホフ最後の作品だという思いがしじゅう脳裏を去らなかった。なんだか終わらせたくない気がした。これを終わらせると自分の翻訳も終わってしまうような気がした……。

いや、そう言えばまだ『たばこの害について』というボードビルがあったっけ。

なお、本書に収めたそれぞれの芝居の初演を記しておくと、次のとおり。
『桜の園』一九〇四年一月十七日、モスクワ芸術座。
『プロポーズ』一八八九年四月十二日、ペテルブルグ首都俳優協会。
『熊』一八八八年十月二十八日、モスクワ・コルシ劇場。

翻訳に当たっては、アカデミー版の『チェーホフ全集』の第十一巻、第十三巻を使用した。А.П.Чехов. Полное собрание сочинений и писем. том XI, том XIII (Москва; Наука, 1978)

今回も翻訳にあたっては、光文社翻訳編集部の中町俊伸さん、今野哲男さんにお世話になった。中町さんにはいまこの「あとがき」を書いているあいだも、面倒をお掛けしている。心より感謝申し上げたい。

二〇一二年九月

浦雅春

この本の一部には「ジプシー」という表現があります。「ジプシー」とはインド北西部を発祥とする民族「ロマ」のことで、九〜十世紀ごろインドから移動を始めたといわれ、十五世紀ごろにはヨーロッパにも移住しています。歴史的に流浪を余儀なくされてきた彼らへの差別は現代でも続いており、今では定住する者が多いにもかかわらず「流浪の民」と呼ばれたり、犯罪行為と直接結びつけて差別的に扱われたりしています。こうした状況から、近年は彼らが自称する「ロマ（人間）」と呼称することもあります。本作品では、作品の時代背景をふまえ、古典としての歴史的・文学的な意味を尊重して使用しています。差別の助長を意図するものではないことをご理解ください。

（編集部）

光文社古典新訳文庫

桜《さくら》の園《その》／プロポーズ／熊《くま》

著者　チェーホフ
訳者　浦《うら》 雅春《まさはる》

2012年11月20日　初版第1刷発行

発行者　駒井 稔
印刷　萩原印刷
製本　ナショナル製本

発行所　株式会社光文社
〒112-8011東京都文京区音羽1-16-6
電話　03（5395）8162（編集部）
03（5395）8113（書籍販売部）
03（5395）8125（業務部）
www.kobunsha.com

ISBN978-4-334-75259-0 Printed in Japan

いま、息をしている言葉で、もういちど古典を

長い年月をかけて世界中で読み継がれてきたのが古典です。奥の深い味わいある作品ばかりがそろっており、この「古典の森」に分け入ることは人生のもっとも大きな喜びであることに異論のある人はいないはずです。しかしながら、こんなに豊饒で魅力に満ちた古典を、なぜわたしたちはこれほどまで疎んじてきたのでしょうか。

ひとつには古臭い教養主義からの逃走だったのかもしれません。真面目に文学や思想を論じることは、ある種の権威化であるという思いから、その呪縛から逃れるために、教養そのものを否定しすぎてしまったのではないでしょうか。

いま、時代は大きな転換期を迎えています。まれに見るスピードで歴史が動いていくのを多くの人々が実感していると思います。

こんな時わたしたちを支え、導いてくれるものが古典なのです。「いま、息をしている言葉で」——光文社の古典新訳文庫は、さまよえる現代人の心の奥底まで届くような言葉で、古典を現代に蘇らせることを意図して創刊されました。気取らず、自由に、心の赴くままに、気軽に手に取って楽しめる古典作品を、新訳という光のもとに読者に届けていくこと。それがこの文庫の使命だとわたしたちは考えています。

このシリーズについてのご意見、ご感想、ご要望をハガキ、手紙、メール等で翻訳編集部までお寄せください。今後の企画の参考にさせていただきます。
メール　info@kotensinyaku.jp

KAIOHSHA ガッシュ文庫

B.B. baddie buddy
（書き下ろし）

水壬楓子先生・周防佑未先生へのご感想・ファンレターは
〒102-8405 東京都千代田区一番町29-6
（株）海王社 ガッシュ文庫編集部気付でお送り下さい。

B.B. baddie buddy
2012年9月10日初版第一刷発行

著　者　水壬楓子［みなみ ふうこ］
発行人　角谷 治
発行所　株式会社 海王社
〒102-8405 東京都千代田区一番町29-6
TEL.03(3222)5119(編集部)
TEL.03(3222)3744(出版営業部)
www.kaiohsha.com
印　刷　図書印刷株式会社

ISBN978-4-7964-0345-0

真砂さんの男っぷりに惚れ惚れしました！
獰猛で冷徹なのにカワイイ!!
二人のいちゃいちゃ、もっと見たかったです…！
カッコイイ二人ににやにやドキドキしながらのお仕事でした、
ご一緒させて頂き本当にありがとうございました！

周防